気がつけば古希を過ぎ

人生の四季を生きる

まえがき

私はこれまで2冊の本を自費出版してきた。平成14年（２００２）の国際囲碁交流で旅した紀行文『東西囲碁見聞録』と、平成21年（２００９）の自分史『人生暦・一言一縁―我生かされてここに在り―』である。これら2冊は、人生を歩んで見聞し、体験したことや立ち止まって気づき、思ったことを書き綴ったものだった。

慰問袋の母　武運長久を祈って

前作を出版してあっという間に8年の歳月が流れ、齢75の平成29年（２０１７）を迎えた。この年は幕末から１５０年目に当たり、その半分が悲惨な戦争を体験し生きた時代であった。先の戦争を語り継ぐ世代が年々減る中、一応、戦中派の一人である私は、戦争に始まり今に生きるマイヒストリーを書き、来し方行く末の我が人生を語り伝えたいと強く思った。

顧みると、ハワイ真珠湾攻撃で始まった日米開戦の翌年の昭和17年（１９４２）7月16日、私はこの世に生を享《う》け、時局は次第に敗戦の色濃くしていき、終戦の時、3歳だった。食料難の時代に幼少期にあったが、戦後の貧しい時期を体験し高度経済成長期に青春を謳歌できたことはよかったと思っている。

我が国が終戦、食糧難、戦後復興、高度経済成長へと歩み、昭和の時代の46年間に平成の時代29年間があって、私は激動の75年を懸命に生きてきた。過ぎ去った日々のことは昨日のように思い起こされ、多くのことを鮮明に記憶している。時の流れが早過ぎるのに驚く一方、残された人生の時間が少ないことを知ると、今元気なうちに人生に何があったのか、どう生きたのかなどを書き残し、子孫へ伝えたいとの思いが募った。

このために二つのことに気づいた。一つが、生きた人生を長い年月（スパン）で捉えることである。1年に春夏秋冬が巡るように、人の一生にも春夏秋冬があることだ。これらの四季をおおむね25年としてみれば納得できる。このことは私の人生観に基づくものだと言えるが、不思議と私の生きた人生と重なるようでもある。

具体的に言えば、春は、出生して学校で学び、就職して良縁が成立するあたりの25歳までだ。夏は、結婚後、働くときである。家庭では子どもが誕生し、子育てする時期で50歳までとなる。秋は、仕事はもとより家庭、地域、社会においても貢献する人生実りのときの75歳までである。冬は、75歳を過ぎて何事にも好奇心をもって、人に迷惑をかけないで元気で悠々と寿命を全うするときである。

二つが、誰にでもあり自分にもあったことだが、人生に起伏があることだ。主に次の五つであろうか。1、分岐点（ターニングポイント）がある。2、災難や危機が訪れる。3、多くの出会いと縁に支えられる。4、生老病死の四苦に巡り会う。5、人は時の流れ、時代の変化に影響を受ける。これら1~5の私が体験した実例は、序章に記してあるので、参考にしてもらえればと思う。

一生の四季、出来事、体験を図表化（後掲）してみると、人生全体の流れが理解できるように思える。

人生はマラソン、登山、航海、囲碁、ゴルフ、野球などさまざまに例えられるが、その一つゴルフに当てはめてみよう。今七十五歳の秋から冬に移る、特に人生の大事なときに生きている。18ホール回るゴルフのあがり3ホールに来ていると言えようか。終わりよければ全て良いように「よくスコアをまとめてホールアウト」したいと思う。ここに3部作目の「気がつけば古希を過ぎ—人生の四季を生きる—」を上梓し、我が生涯の証にしたいと願っている。

人生の四季

春（1歳から24歳まで）
昭和17年～昭和41年

自分・家族史
- S17 出生
- S38 成人式
- S40 就職
- S44 祖母の死

社会
- S20 終戦
- S25 湯川秀樹ノーベル賞受賞
- S28 日章丸事件
- S29 昭和の合併
- S33 東京タワー完成
- S35～ ベトナム戦争
- S38 豪雪
- S39 東海道新幹線開通 東京オリンピック
- S40～S48 巨人V9
- S41～S51 文化大革命

インド哲学：学生期
起承転結：起
四国お遍路：徳島（発心）

夏（25歳から49歳まで）
昭和42年～平成3年

自分・家族史
- S45 裕巳誕生
- S47 結婚、ハワイ旅行
- S49 善朗誕生
- S54 一度目のアキレス腱断裂
- S57 熊田君の死
- S58 市職組合役員
- S59 二度目のアキレス腱断裂
- S60 ぜんそく発症
- S61 PTAイルボン会

在職38年の変遷
- S40.4～S44.3 保険年金課
- S44.4～S47.3 出羽町の美大事務局
- S47.4～S54.3 議会事務局
- S54.4～S60.3 衛生課
- S60.4～S62.3 スポーツ施設管理事業団

社会
- S45 大阪万博
- S47 日本列島改造論
- S48 オイルショック
- S51 ロッキード事件
- S56 豪雪
- S59 グリコ・森永事件
- S60 日航ジャンボ機墜落事故

インド哲学：家住期
起承転結：承
四国お遍路：高知（修行）

冬	秋
75歳から	50歳から 74歳まで
平成29年〜	平成4年〜平成28年
	H3 妻、乳がん発症 H6 ボランティア大学入学 島清恋愛文学賞推薦委員 六さんの死 H9 父の死 H7 裕巳結婚、小百合誕生、 バングラサイヤド H13 さくら誕生 H14 東西囲碁見聞録出版 H15 島清恋愛文学賞推薦委員退任、退職、 アメリカ訪問、バングラデシュ訪問 H16 美川町政史執筆 H21 絢香誕生、一言一縁出版 H22 母の死
H4.4〜H7.3 市教育センター H7.4〜H10.3 元町保健所 H10.4〜H11.3 鶴寿園 H11.4〜H12.3 農業委員会事務局 H12.4〜H15.3 市史編さん事務局	S62.4〜S63.3 保険年金課 S63.4〜H3.3 城北児童会館 H3.4〜H4.3 小立野の美大 事務局
H30 井山裕太国民栄誉賞受賞 H30 板門店宣言	H2 バブル崩壊 H3 石川国体 H3 ソ連崩壊 H7 阪神・淡路大震災 H7 地下鉄サリン事件 H13 米同時多発テロ H14 日韓ワールドカップ H17 平成の大合併 H20 リーマン・ブラザーズ破綻 H21 マイケル・ジャクソン死去 H23 東日本大震災 H27 北陸新幹線金沢開業
遊行期	林住期
結	転
香川（涅槃）	愛媛（菩提）

気がつけば古希を過ぎ　―人生の四季を生きる―　もくじ

秋の章

序の章

1、戦後10年ごとの節目

戦後から現在までに至る10年ごとの節目で、印象深い出来事をたどってみる。

戦後10年（昭和30年）の１９５５年は、村立湊小学校を卒業して新設の町立美川中学校に入学。中学校へは手取川の左岸から美川大橋を渡り、対岸へ自転車通学した。その後、泉丘高校、金沢大学と金沢の学校に進学。ＪＲ北陸本線の美川駅と、夏に限定乗車できる小舞子駅とを利用した。就職も金沢市役所に採用となるなど、何かと金沢に縁があった。

戦後20年（昭和40年）は、前年に東京オリンピックと東海道新幹線の開通があって、我が国が高度経済成長へ向かうときだった。当時、同級生の多くは景気のよい民間企業に就職したが、父の勧めもあって大学卒業後の４月に金沢市役所へ就職。在職38年で13の職場に配属となる、地方公務員生活のスタートだった。

戦後30年（昭和50年）と、続く戦後40年（昭和60年）は、議会事務局７年、衛生課６年間と庁内職場に勤務した。昭和60年４月に庁外職場のスポーツ施設管理事業団に異動した。勤務職場はその年オープンした泉野出町の市総合体育館で、業務は市内体育施設の管理と利用者のサービス業務だった。時代は高度経済成長からバブルへと、景気のよい右肩上がりのときだった。自分自身も30代、40代の働き盛りで仕事に燃えていて、多くの貴重な体験をすることができた。

戦後50年（平成7年）は、1月17日に阪神・淡路大震災が発生し、2月に長女がめでたく結婚した。

戦後60年（平成17年）は、1市2町5村（松任市、鶴来町、美川町、白峰村、尾口村、鳥越村、吉野谷村、河内村）が合併（平成の合併）し、新たに白山市が誕生した。美川町湊町は昭和の合併から半世紀経って、新たな自治体組織へと変更した。

戦後70年（平成27年）は、4月13日に待望の北陸新幹線の金沢開業により、国内外から多くの観光客が訪れ、にぎわって地域が一変した。これまた東海道新幹線が開業してから半世紀のことだった。

取り上げたこれらは、戦後の節目の年の出来事で、全て私に深く関わっており忘れられないことであった。

2、人生の分岐点

人は誰しも歩んだ人生に分岐点があり、災難や危機が訪れ、多くの出会いと縁に支えられ、生老病死の四苦にめぐりあう。私にも分岐点が５つあって、災難や危機もあった。生きてきた人生は実に多くの出会いと縁に支えられてきたが、年を重ねるに連れ仏教が教える四苦にめぐりあうことも実感している。本章ではこのあたりを綴ることにするが、まずは五つの分岐点である。

一つ目の分岐点は、昭和29年（１９５４）秋のこと。当時湊小学校6年だった私が住んでいた能美郡湊村は、石川郡の美川町と蝶屋村との1町2村で合併（昭和の合併）し、石川郡美川町湊町へと行政区域が変更した。このため、翌年から中学校は美川中学校へ通うことになった。小学生から野球好きで白球を追っていた私は中学に入学するや、すぐに野球を部活に選んだ。勉強よりも野球好きな少年時代は今も懐かしく思い出される。高

秋祭り　今湊神社のお神輿
（小学５年、昭和 28 年秋）

校進学は金沢泉丘高校を選んだ。合併しないで湊村のままであれば、通学区域の関係でたぶん小松方面の高校に進学したであろう。そうなれば私の人生も大きく変わり、全く別の世界を生きることになったはずだ。

二つ目の分岐点は、泉丘高校に入学しても中学の延長で、自ら進んで野球部に入部したことだ。入学1年当時の野球部は県内一の強力打線を誇り、優勝候補の筆頭に上げられていた。しかもこの年は、1県1チーム甲子園出場のチャンスがある記念大会の年でもあった。私もこの夢を叶えようとバッティングピッチャーをするなど練習に熱を入れた。しかし、夏の大会では3回戦で惜敗した。運よく甲子園に出場できていれば、その後の人生は野球にかかわっていただろうし、今までと全く違う道を進んでいたことになる。

その後進学に切り替え、大学受験の勉強へ精力を注いだ。野球部優先生活での成績低下をはね返し、金沢大学法文学部に合格。両親の喜んでくれた顔を今も忘れられない。大学在学中の4年間は、近所の中学生の家庭教師に精を出し、その合い間に母校である美川中学野球部の指導と町内野球チームに所属し、試合に出ていた。20歳前後に貴重な経験をした青春時代であったが、家庭教師の経験と野球の指導は、後に妻との結婚へ結びつき、また長男の高校受験の手助けにもなるのであった。

三つ目の分岐点は、昭和40年（1965）のこと。金沢市役所に採用となった。前項で触れたように38年間定年まで勤め、仕事を通じて得た貴重な体験と素晴らしい人々との出会いは、私の人生を豊かにしてくれた。多くの仲間の就職を見ても公務員の道を選択したことは、今思えば正しかったと思えてならない。

振り返って金沢と縁がある半世紀となった。このことに関しては、今は亡き父の忠告があったことを忘れることができない。大学受験のすべり止めに受けた私大に付き添ってくれたことや2次試験の富山大学までも準備してくれたことは、小学校の卒業式前に船員となった父の、一人息子の私にかける強い願いでもあった。就職もまた金沢大学と同様、地元の安定した公務員を望んだ父の意向に沿った。父のおかげで無事生きてこれたことを素直に感謝している。

四つ目の分岐点は、妻・智夏子との結婚（良縁成立）である。昭和43年（1968）12月15日に石浦神社で式を挙げた。私が26歳、妻が22歳で共に若かった。仲人は中学校の恩師である吉田一郎氏で、妻は姪に当たった。前述の母校の中学に出かけての野球と家庭教師の縁から良縁が成立した。凍えるような寒さと緊張に耐え、無事、結婚式が終わってほっと安堵したものだった。披露宴は当時の徳田市長と米澤課長にご列席いただき神社内で行った。新婚旅行に出発する金沢駅には、多くの親戚の方々に来てもらい見送ってもらった。しかし、そこにいた人たちは、約半世紀経た今はほとんどが故人となった。

また、課内で結婚披露パーティーを催してもらい、中学の同級生らも加わり祝ってくれた。会場は当時の県庁敷地内にあった婦人会館。職場仲間の協調意識が強いよき時代のことだった。

結婚披露宴　職場の仲間で祝ってくれた

昭和45年生まれの長女と昭和49年生まれの長男に恵まれ、今はそれぞれに二人と一人の孫娘が誕生し成長してくれている。今結婚50年の記念である金婚式まで1年を切っている。ぜひ、そのめでたい日を家族皆で迎えたいものである。

五つ目の分岐点は、平成3年（1991）秋、突然妻が乳がんを発症したこと。当時49歳の私は二度目となる出羽町にある金沢美術工芸大学事務局に勤務し、学内にある多くの委員会の開催、議事進行の調整等に多忙を極めた。その上、大学はその年の石川国体の芸術スポーツを担当した大変な年でもあった。妻の病気で万一があれば、長女の結婚が一番心配することだった。仕事は大事であったが、何より妻の健康を優先すべきと考え、仕事を終え毎日病院へ駆けつけた。幸い手術はうまくいって、現在まで不安なく推移していて救われた思いである。

妻の乳がんによって、仕事中心から10年先、20年先の人生を見通し、どう生きるかを真剣に問うようになった。50歳から定年までの役所生活、60歳を過ぎてからの退職後は、人生の四季で言えば秋に当たり、実り多い収穫のときだと考えた。思えば人生の五つの分岐点は、そのときの時代の流れ、地域社会の動向、人との出会いなど他力的なことに影響されてきたほか、自分自身の選択と決断により運命が拓かれてきたこともあるようだ。さらに、これら五つのことは、時代順につながることで今の自分があるように思えて不思議でならない。

3、災難・危機

昭和37年（1962）11月18日、横浜港京浜運河鶴見航路にて出光興産所有のタンカー船「第一宗像丸」とノルウェー船籍のタンカー船「ブロビグ号」とが衝突事故を起こした。

衝突によって海上に流失したガソリンが引火し、一面火の海となって乗船員36名全員が死亡。当時父は出光興産の船員で、休暇中だったところ乗船を打診されていた。しかし、なぜか乗船をためらった。父が「第一宗像丸」に乗っていたら助からなかったであろう。私が21歳のときの出来事である。父の強運がその後の私の人生をも占うことになり、数々の危機が回避されることとなった。

平成7年（1995）1月17日に発生した阪神・淡路大震災や、平成23年（2011）3月11日の東日本大震災の地震と津波は、一瞬のうちに多くの人命と財産を奪った出来事として、誰もが忘れられないことである。

近年、異常気象の影響で集中豪雨や雷、竜巻などが日本や世界各地で頻繁に発生している。これらに加えて津波、火山噴火も心配されている。また、身近に起こる火事、交通事故、疾病も人命と生活圏を危うくさせる。災害や事故そして病気は、我々が日頃から備えておかなければならないことである。私にとっても、間一髪で危機から助かった4つのことがある。

一つは、平成元年（1989）10月13日のゴルフプレーでのことである。当時の金沢GC東コース2番ショートホールにて、ティーショットを打ち終えた。次いで女性のNさんが打ったボールが崖のOBゾーンに飛んで、慌てて私はボールの飛んだ方向へ直行した。50メートルほど進んだとき、突然私の後頭部にガーンと衝撃音が走った。一瞬何が起こったか想像できず、脳の血管が切れたかと思ったが、痛みもなく意識ははっきりしていた。ゴルフ場が手配した車で金沢大学付属病院へ運ばれ、レントゲン検査などを受けた。結果は打撲で、3日程度の安静と再診を受けることで済んだ。

後方50メートルから後頭部を狙い打ちという〝珍事〟は、プロゴルファーでもできないだろう。今も不思議でならないが、女性の打球だったから助かった。男性の場合なら、最悪の結果になっていたかもしれない。

二つは、平成7年（1995）4月2日に起こった自宅のボヤである。人事異動で元町保健所へ配属辞令をもらいあいさつ回りをしていたとき、自宅からボヤの知らせが入った。家に直行すると、自宅は消防車、自衛消防員、近所の人たちで家へ入れないくらい混雑していた。火元と類焼を確認するため家に入ると、両親の部屋にある電気コタツの配線不良から出火したようだった。炎が天井のカーテンを焦がし、布団、部屋の一部を焼いただけで助かっていた。延焼し消防放水があったらと思うとぞっとした。財産的損失よりも近所や地域の人たちに迷惑をかけ信頼を失うことを一番心配した。

大事に至らなかったのは、妻と一緒に外出予定だった娘が遅れて来て二人が家にいてくれたことと、長男が偶然帰宅していたからである。第一発見者の長男が皆に知らせ、初期消火してくれたことが、大惨事を未然に防ぐことになった。

不思議な偶然と言えるのか、その部屋には防火用の折りたたみのアコーディオンカーテンが取り付けられており、火が天井へ回るのを遅らせたようだった。また、金沢美術工芸大学が出羽町にあった当時、事務局で親しくしていただいた彫刻の長谷川八十先生からもらった不動明王の絵が掲げられてあり、その絵はすすけてしまったが、火除け代わりになってくれていた。

我が家では毎年正月、倶利迦羅不動寺に初参りを続けている。40年余にもなる。本尊の不動明王を参るたびに、ボヤでの不動明王の法力をありがたく思っている。

三つは、平成19年（2007）5月21日朝7時過ぎのこと。起床して朝刊に目を通していると、突然、字が見えなくなった。と同時に目の前が真っ暗になって、コタツに入っていた体は、畳に横たわることとなった。目を閉じたままの状態が続き、一瞬、死に落ち込むような「心地よい」気分となった。畑から戻った妻は、突然の異変に気づいて救急車を呼び、同乗して金沢市立病院へ搬送してくれた。

病院の救急受付で迅速な初期の処置をしてもらい、ストレッチャーで運ばれ、担当医となった杉山先生の診察を受けた。意識は少し回復し、入院が決まった。ベッドに横たわった時、初めて生きていると安堵した。

翌日、脳のＭＲＩ撮影をすると、右側の外から3分の1入ったところで、脳梗塞を起こしていた。早速、2種類の点滴治療が毎日2回施された。次第にめまいなどの症状は和らいできた。トイレは何とか一人で行けたが、歩くと真っすぐ進めず横にふらつく感じはとれなかった。

リハビリは4日目から開始された。二度のリハビリに専念し、1日も早い社会復帰をめざして頑張った。退院して家に帰っても、毎日自宅近くの白山を遠くに眺め手取川の河川敷を歩いた。その効果もあってか脳梗塞の後遺症もなく元気になっている。

四つは、平成26年（2014）7月の心臓疾患での緊急入院である。中国山西省の旅から帰国して1カ月後の7月7日の夜、自宅のトイレで急に胸が苦しくなった。その時は持病であるぜんそくが悪化したものと思った。昭和60年夏に突然発症し、以後毎年季節の変わり目に苦しんでいた。そのため、万一の緊急入院に備えて衣料品などを入れた荷物を自宅に常備していた。

すぐに妻に救急車を呼んでもらい、荷物を持って公立松任石川中央病院へ向かった。病院では連絡を受け待機していた医師たちが問診、血圧測定、心電図検査などを行ってくれた。結果、心臓に狭心症と心筋梗塞を発症していることが判明した。その夜は集中治療室で1泊し、翌日からカテーテル治療の準備が始まった。ステント施術3カ所をとりあえず2回導入し、約4週間の入院となった。入院体験は、これまでぜんそく、脳梗塞、急性肺炎などで何回かあったが、今回の入院では常時酸素マスクを装着し、安静保持が求められた。諸検査も24時間定時的に行われ、ベッド生活での点滴、排尿など難儀することが少なくなかった。

入院するまで心臓が悲鳴をあげていることを知らなかった。元気と思えばしたいこととやらねばならないことをどんどんやっていくのが私の生き方で、何かと多忙な身で家を空け外へ出歩くことが多かった。思えば地元白山市日中友好協会のメンバーに加わって、6月8日から13日までの日程で中国山西省の世界遺産平遥古城、中国四大仏教の聖地五台山、中国三大石窟の一つ雲崗石窟を旅した時のことが、今回の病気の警告をしていた。

上海から山西省太原行きの国内航空便が大幅に遅れ、ホテルで眠れず睡眠不足になったことと平遥古城の散策疲れに食欲不振が伴って、竹林寺などがある五台山の急な山道の参拝、雲崗石窟の仏像見学では皆に付いて行けず、途中で何度も休憩していた。それでとうとう帰路の上海浦東国際空港で足が一歩も前に進まない状態となった。

心臓が悪化していれば中国で倒れていても仕方がなかった。現地の病院を受診しても言葉の壁や病気の発見の遅れで満足な医療が受けられたかどうか。命の保障はなかったであろう。運よく飛行機に搭乗して帰国でき、心臓疾患が見つかって治療を受けられたことは、神仏のご加護があったことと信じたい。

　退院に当たって心配していた妻と娘が立会い、担当医から心臓の状態について詳しく説明を受けていた。無理をしないことと半年後もう1カ所のカテーテル検査が必要だと言い渡された。まさに執行猶予付きの身になったことを実感した。その後は心臓リハビリテーションを中心にした運動療法と血圧管理に加えて、食事療法が健康確保の鍵となった。このことを肝に銘じて、家族のためにも自分の健康は自分で守りたいと決意を新たにした。突然起きた脳梗塞と心筋梗塞は緊急処置を要するので、手遅れになると死をまぬがれない。妻の適切な対応に救われたと思っている。人は血管とともに老いるといわれるが、先の脳梗塞と心臓の心筋梗塞に狭心症はまさにそのことによる疾病である。日ごろから生活習慣に気をつけ、健診などを受けておきたい。

　助かった四つのうち、ボヤと脳梗塞と心臓病の三つは、自宅で妻や長男がいてすばやく発見し機転を利かして救急車を呼んで救われたのであった。ゴルフボールの後頭部直撃は、大難が小難で済んだことだ。当たりどころやボールのスピードなど、思えば思うほど不思議でならないことだった。

春の章

1、生い立ちから終戦後

昭和17年（1942）7月16日朝、父菊一、母キミとの間に私は生まれた。出生地は母の実家がある美川町南町である。時に前年12月8日にハワイ真珠湾で日米開戦があって、我が国の戦況は敗戦の色を濃くしていくころだった。両親に聞くことはなかったが、私を「功一」と命名したことは多分に戦争に関係したものと想像する。勲功第一から付けられたのだと思っているし、時代は戦争一色だったのである。

3年後の8月15日、終戦を迎えるが、当時3歳だったので戦争のことはほとんど知らない。今となれば父母や祖母からもっと戦争のことを聞いておけばと思っている。しかし、何度か耳にしたのは、次のようなことだった。

母に抱かれる私　湊村の国防婦人たち

父は中国戦線で橋を架ける工兵として従軍していた。乗船した船が秋田沖で爆撃を受けて沈没したとき、懸命に泳いで九死に一生を得て陸に上がれた。その知らせが家に届いて、母に背負われた私と祖母の三人が急ぎ面会へ向かった。すし詰めの満員列車の中で、人々の頭上を歩こうとしていた乳幼児の私は、兵隊さんからおにぎりをもらうなど何かと周囲からかわいがられていたそうだ。また、人々で混雑する駅の便所で何に興味を持ったのか、人について行って姿を消した。慌てた母と祖母は懸命になって探し回って、便所近くで運よく私を発見したそうである。そこで離れ離れになっていれば今の私はなかったであろう。

終戦間近の富山の空襲は家の近くから眺め、遠くの空が赤く焼けていた記憶がかすかにある。戦争の爪痕の防空壕が、終戦後数年間、我が家近くにあったことも印象に残る。また、B‐29戦略爆撃機の空襲を受けないようにと家の灯り漏れを防ぐため、窓ガラスに米印にした紙が張られていたことも記憶する。

終戦から湊小学校に入学する昭和24年（１９４９）ごろまでは、廃墟から立ち上がる時代であった。皆食べるのが精一杯の食糧難の時代でもあって、サツマイモのツル、スイカの皮など食べられるものは何でも食べ、飢えをしのいだ。卵やバナナは病気の時以外はめったに口に入らなかった。着る物も継ぎを当てて使っていたので、誰もが贅沢な暮らしをしなかった。

食糧難の時代は小学校在学中まで続いたと思う。小学校にあった農場に肥桶を生徒二人で担いて運び、食糧確保をしたことが今でも懐かしい。

食糧難と医学の発達が遅れていたことが関係してか、母が子宮外妊娠して私の妹の誕生を見なかった。生前の母はそのことを後悔し、「娘が生まれていれば」とくどいていたことを何度も聞いた。もちろん、兄妹の関係があれば、私の人生にも大きく影響したことは疑いないことだが、それは叶わないことだった。

2、両親と祖母

大正4年（1915）8月4日生まれの父は、父親の記憶がないままに母親一人の手で育てられた。当時の湊村はどこも貧しくて我が家も例外でなかった。そのため父は、小学校卒業を前にして叔父の紹介で船乗りになった。以来、60歳過ぎまで乗船した、船員歴50年の海の男だった。

父はアポロマークの出光興産所有のタンカーで、イラン原油を運ぶ船歴が長かった。出光を50歳の定年まで勤め、退社後は和歌山県内にある船会社に再就職した。そのころはベトナム戦争のまっただなかで、メコン、メナムの両河を上りアメリカ軍の基地へ石油を運んでいた。魚雷が河の両岸から流され、機関銃攻撃を何度も受ける危険にあったと父から聞いた。その後、厳寒のアラスカ沖の鮭やタラバガニ漁場に出かけ、遠洋漁業船に給油するタンカーにも乗った。たまたま航海を終えた父を迎えに、従弟と新潟港まで自動車で往復した。そのときの車内で見た父のうれしそうな顔は今も思い浮かぶ。

続けていた遠洋航海をやめてからは、開港を控えていた金沢港の海運関係の仕事に就きたいと準備をしていたが、採用にならなかった。そのうち地域でオープンした地区公民館の管理人として母と一緒に働くことになった。そこを10年近く勤め、時々夫婦二人で近くの温泉や旅行へ出かけることを楽しみにしていた。

父は晩年糖尿病に悩まされ、余病を併発して平成9年（1997）12月9日、82歳で亡くなった。乗船の日々は板子一枚下の地獄の生活で、家を長く離れていたこともあり、何かと家族への思いは強かった。とりわけ一人息子の私の将来をいつも案じてくれていた。

父との思い出は数多くあるが、中でも印象的なのは小学校入学前に飯を炊くため燃料にする松葉（当時「コッサ」と呼んでいた）集めに、隣接の吉原釜屋地区（現能美市根上町地内）の松林に分け入ったことだ。地元住民と境界を越えたと激しい口論喧嘩となって、子ども心に強い恐怖に襲われたのが一番記憶に残っている。また、梅雨時に増水した手取川に、またとないチャンスと、作った網とかごを持って一緒に川魚を獲りに行ったことや、洪水の手取川上流から流れてくる流木を拾うために川舟で川を渡ったとき、転覆しかけたことも思い出す。竹スキー、雪そりなどを作って一緒に雪道で遊んでくれたことなども、父の器用で世話好きだったことの証だろう。死後20年経っても色あせることのない懐かしい思い出である。

母は、手取川を挟んで対岸の美川町南町に、男三人、女三人きょうだいのうち、女姉妹の2番目として大正7年（1918）3月27日生まれた。実家は鮮魚店を営み、客の出入りは多く、商売は繁盛していた。家を継ぐ長男の市二だけは別だったが、子どもたちは皆小学校を卒業すると働き口を見つけ仕事に就いた。母も就職のためと、親から伝統の美川刺繍を習わされていた。我が家に来てからも何度か刺繍作業に向かっているのを見た。

結婚する前は小松にあるデパートの店員として勤め、その当時の思い出の写真をアルバムに貼ってずっと大

デパートのマネキンの前の母

切に保管していた。両親の結婚の仲人は、家の近くで呉服商を営む今村専吉氏夫妻だった。氏は世話好きで、長く地域の区長をしていた。きれいな字を書く人だったと記憶する。

私を産んだ後、母は織工として近くの数カ所の織物工場に勤める一方、戦後の食料難に砂丘地で池を掘る作業に従事した。約70年前の珍しい母たちの姿は、年をとった今も時々思い出す。地域の婦人たち総出で池を完成させ、池から水を汲んでサツマイモなどの苗にかけ、食べるため、生きんがために皆懸命に働いた時代だった。現在、その池周辺は宅地になっているが、当時のことを知る私は、この苦しい食糧難時代の出来事を決して忘れないでいたい。

海と陸に離れて働く父と母が、家で一緒に住むようになったのは、ようやく60歳近くになってからだった。二人は、激動の大正、昭和、平成を苦労に耐えて生き抜いた。今の自分がある

遠足に同行した祖母（左端。小学６年）

のは両親の苦労があったからこそ、ということもまた忘れないでいたい。

祖母トクは、若くして夫徳太郎を亡くし、後家を通した女ながらの気丈夫な人だった。孫の私をよくかわいがってくれた。私を連れて畑の農作業に出かけ、手伝いをさせられていたが、意外と楽しかったことを思い出す。また、我が家が真宗大谷派だったことで、報恩講などに美川町の寺へ祖母と二人で出かけていた。そこで死後の地獄、極楽のことや無常の話などを聞かされた。今も法話を聞くと祖母のことが時々よみがえる。

中でも、私がふざけてかまど（竈）で脚部の裏側を火傷して、祖母の知っている湯涌温泉さかえや旅館へ治療湯治に出かけたことは忘れられない。食糧難の時代だったので旅館に米、魚、野菜などを持参して出かけた。旅館には同じ年齢の子どもがいて一緒に遊んだ。その子どもは後の旅館の主人で、近年亡くなったと聞いている。80歳を過ぎて亡くなった祖母との懐かしい温泉旅行の思い出であった。

祖母は三人の子を産んだが、一人の女児（トクコ）は幼少時に近くの池で溺れて死んでいる。もう一人の父の姉は、若くして大阪に働きに出て、結婚後は一時我が家に住んでいたが、その後家の近くに住居を構えた。祖母は、私と妻の結婚式を見て、翌年の昭和44年（1969）5月17日この世を去った。享年85歳だった。

祖母の夫徳太郎は、若くして亡くなったので、両親と一緒に出生地の輪島市上大沢を訪れ、ルーツ調べをした。しかし、生家は分かったものの、詳しい系譜を知ることができなかった。

3、野球と共にあった昭和

時代は昭和から平成に移って間もない平成2年（1990）のことだった。石川県教育文化財団は創立20周年を記念し、昭和の時代を振り返ってその時代が歴史的にどうだったか問い直そうと、県民に広く、「私の昭和史」の原稿を募集していた。

私も50歳の人生の折り返し地点を目前にしていたので、生きたこれまでを振り返るまたとない機会ととらえ投稿することにした。今ある自分が何に深く関わり支えられたのかと考えると、生きた昭和の47年間は野球との結びつきが一番だと気づく。このことを抜きに書くことはあり得ないとテーマを野球に絞った。

「野球と共にあった昭和」（原文は以下の通り）と題した文中では、戦後の誰もが貧しかったとき、子どもたちは神社や空き地を利用して暗くなるまでよく遊んだこと、ボールやグローブなど親から買ってもらえず、ボールは糸巻きでグローブは布製だったことを書いた。傷むと修理して大事に使ったことは、物が豊かでない時代ならではのことだった。

45人の投稿者と共に載った自分史（アンソロジー）「昭和に生きて」は、約4割の人が第2次世

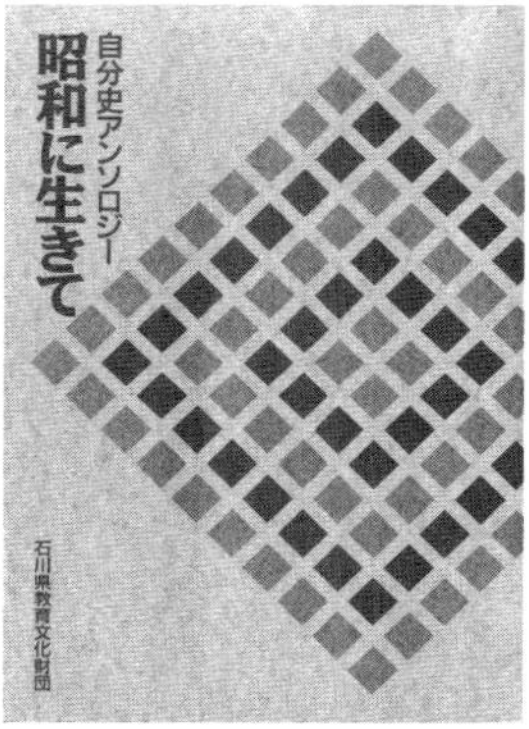

『自分史アンソロジー 昭和に生きて』

界大戦と結びつくことを書いていた。中国大陸に渡り悲惨な戦争を体験したこと、参戦して兵隊仲間を失ったこと、命からがら日本に帰国し、苦しい戦後の生活を耐え忍んだことなどであった。皆二度と戦争が起きないことを願い、平和であることを強く希求していた。私は戦争のことをテーマにできなかったが、戦後の食糧難と復興の時代を体験したことを鮮明に記憶している。また、戦争の爪あととして残る世界の各地に出かけるける機会も多かった。ハワイの真珠湾にあるアリゾナメモリアル、中国瀋陽の9・18戦争記念館、ベトナム・ハノイのベトナム戦争の資料館、国内では沖縄戦線でのひめゆりの塔や平和記念館、広島、長崎の原爆資料館などを見学する機会を得たが、どの施設、場所でも戦争の悲惨さを痛感したのである。平成27年は終戦から70年を迎えたが、私は戦争のことを決して忘れないでいたい。

昭和32年8月2日、県下中学校野球大会に石川郡代表として出場した美川中学校野球部は、大会に備えて行った炎天下の練習試合の疲れが原因で、主力選手の半数近くが流行性感冒にかかっていた。出場できたものの七尾東部中（優勝）に1対3で惜敗した。

翌朝の北國新聞見出しには、「美川後半にばてる。流感の3選手注射を打って敢闘」と記され、「美川は2回1死後、田口の右中間3塁打で先制し、なおもチャンスをつかみながら、せっかくのバントを田口が拙走して本塁に憤死。池森四球のあと笠森も2塁で挟殺され、最小点にとどまった。美川の田口は懸命に力投したが、4回西川の打撃妨害をきっかけに、2つの失策と有江の左中間安打等で3点を奪われ逆転された」と報じていた。

試合の朝、下着を何度も取り替えるが、すぐに汗でビッショリとなった。床から起きてみるが頭はフラフラして立つのが精一杯。何とか出場し不戦敗をまぬがれたい一心だった。両親に付き添われ汽車で金沢駅へ出て、そこからタクシーで兼六園球場に着いた。

二度目の県大会出場とあって、同級生らが大挙して応援に駆けつけてくれた。しかし、気力を振り絞って投げたつもりが、集中力がない悲しさであっという間にゲームセット。3年間の汗と努力が、こんなみじめな形で終わったくやしさはこれまで味わったことはなかった。ただ、無理しても出場できた満足感は十分にあった。

兼六園球場は中学生の自分にとってあこがれの場所であった。そのスタンドは当時としては普通の施設であったと思われるが、予想していたよりもみすぼらしいものだったことが心に残っている。確か2、3年後に球場は全面改築されたと思う。

野球との出合いは小学校に入る前からであるが、本格的に始めたのは、やはり中学野球部に入部してからの昭和30年（1955）の春である。当時の母校のグラウンドは、以前墓地であった所を整地し石炭コークスを入れていたので裸足では走れず、ボールがこれに当たってイレギュラーすることがたびたびあった。またあちこちに墓石が転がっていて、よく人骨などが出てきたものだ。右翼付近は畑になっていて、外野守備練習のためのノックはレフトで一緒にしていた。そのころ、グローブは旧式のもの、竹バットがほとんどで、ボールはつるつるになっても使っていた。帰宅しても広場を見つけてはキャッチボールなどをして遊んだ時代で、ただ上手になりたいと一途に頑張った。

今日のスポーツ施設の近代化には目を見張るものがあるが、施設面がいかに整備充実されてもスポーツ選手の記録向上に不可欠なハングリー精神だけは失ってほしくない。この県大会出場の経験と当時の中学野球部平野和夫先生の「練習で泣いて試合で笑え」の指導方針は、私が後年野球を続ける上に大きな影響を与え、心の支えとなった。昭和30年以降も学生、社会人としてこれまで以上に白球を投げ、打ち、追って、さまざまな思い出と貴重な体験を積み重ねた。

今も、夏の甲子園を目指して全国各地で県高校野球予選大会が繰り広げられ、熱戦を展開している。近年、県代表は各県一校による出場になっているが、当時は富山、石川、福井の3県で2チームが出場し、決勝での勝者が晴れの栄冠を手にしていたようだ。そのころは福井県勢が強かったが、33年は記念大会の年だったから石川県から1校出場できるチャンスの年だった。

私はその年、金沢泉丘高校に入学。自分から進んで野球部に入部し甲子園を夢みた。部内には野球センス抜群の選手が多数いた。ノンプロ北陸電電の主力選手として活躍、今も高校野球の解説をする源本主将や星稜高校で甲子園に出場、大学でも鳴らし今春NTT北陸に入った期待の堺選手の父堺中堅手、現在の泉丘監督押田一塁手など多才な顔ぶれが揃っていた。打力が看板のチームであったので、バッティングピッチャーをやらされ、明けても暮れてもよく投げた。入部して間もなくあった一中の先輩南喜一氏の寄付で建った有松会館での合宿は、先輩らと寝食を共にし、食事の世話、弁当作り、ユニフォームの洗濯など、全て初めて体験することばかりで貴重な勉強をした。泉丘野球部の名物おばさん山岡さんには合宿の御飯を作ってもらうなど随分お世話になった。朝夕の御飯、おつゆ、菜など、世話知らずの新入生の私にアドバイスし、かわいがってくれたことは忘れられない。

5月の桜丘高校との練習試合では10点差をつけ圧勝だった。1年からもう甲子園行きのキップを手中にした思いで練習に励んだ。夏が近づくと美川の自宅への帰宅は、夜の9時を過ぎることがしばしばあった。桜丘はそのころから夏に地力をつけて優勝候補になるチームで、一方泉丘は伝統的に先行逃げ切り型のチームのようだった。

夏の大会では1回戦、2回戦と順調に勝ち進み、3回戦で好投手を擁する津幡高校と対戦。3塁への暴投が命取りとなり1点差で涙をのんだ。7月27日の北國新聞は「優勝候補の泉丘はダークホース津幡に敗れた。7回津幡は球威の落ちた谷内投手に対し3本の安打を連ね1死満塁となり、谷内投手に替わった酒井が3塁けん制した1球が3塁とのコンビネーション悪く、暴投となり決勝の2点を与えて敗れた」と報じた。

夏の市内新人戦が始まるころ、勉強の成績のことを考えて、残念ながら退部せざるを得なかった。我々の年代は本格的に始まる大学受験戦争の第1期生ともいえ、受験のための勉強に備えることとなった。50年ごろから始まった金沢市内高校野球ＯＢ定期戦には、何度か出場する機会があったが、約6カ月しか在籍しなかったので、いつも肩身の狭い思いでプレーしていた。しかし久しぶりに硬式ボールを握れることは、青春時代に戻ったようで最高の喜びだ。また懐かしい人たちに会えるため試合が待ち遠しかった。

甲子園という目標が1年の時すんなり実現していたら、間違いなく高校3年間は硬式野球一辺倒であったろうから、現在の自分と全く違う世界が開けていたに違いない。進学、就職、結婚と人生の転機ごとに別の自分が広がるものであるが、我が身にとってこれまで生きてきた最大の岐路は、なんと言っても甲子園行きをかけた試合をおいて他にないと思っている。

高校2年間と大学4年間は、野球部の後輩の指導に中学校を訪れ、バッティングピッチャーをつとめる一方、時々、町内の野球チームで投げていた。昭和34年（1959）夏、我々が果たせなかった夢―県下中学校野球大会優勝―を2年下の後輩達が意外に早く実現してくれた。コーチしたかいがあって嬉しかった。県下でトップクラスのバッテリーで攻守に欠点がなく、優勝しても不思議でないすばらしいチームだった。

東京オリンピックの翌年の昭和40年（1965）、縁あって金沢市役所に採用された。新規採用職員研修を終えた早々野球部に入部。往年の主力選手が抜けた後で、金沢高校選抜ベスト8の中堅手大田君と他二人が入って総勢15名。県内都市職員体育大会などには、OB達を借り集めて試合に臨んだもので、その後毎年二人ぐらい入部してきた。

毎年3月初めの市役所野球部総会は、OBや現役の80余名が集い盛会になる。40年代の県下軟式野球界のA級の実力チームとしては、職域チームの倉庫精練、専売金沢、石川製作所、石川マツダ、電電金沢、北陸電力、市役所で、クラブチームでは金沢クラウン、北国ジャガーズ、イーグルスなどがある。今思えば、皆懐かしいチーム名ばかりだ。これらとは在部7年間に一度は対戦した。

中学校での後輩の指導等で鍛えていたため、社会人野球の技術にはついていけた。市役所チームでは好投していても替えられたり、四球1個でも場面によっては監督から怒られたりした。投手だったので打ちたい時もバントをさせられ、打球を常に転がすよう日頃から練習させられた。今でも長打はないがゴロにするテクニックは身についている。楽しむことよりも勝つことが至上命令だった。各チームには高校で活躍した選手が半分以上いて、対戦していくうちに顔見知りになって、今でも街で会ったときには親しく挨拶を交わすなどしている。対戦相手の金沢クラウンには高校の先輩が顔を揃えていて、苦戦した思い出が多い。しかし、電電金沢を除けば職域チームは押さえていたし、クラブチームにも強かったと思う。

第一戦から思う存分プレーでき、7年間で3回も全国大会に出場できたことは野球冥利に尽きると言える。中でも、剛球と大きく割れるカーブを武器にしている、県ナンバーワンの電電金沢吉野投手にはいつも痛い目にあわされ、顔を見るのもいやであった。しかし、昭和43年（1968）の県官公庁全国野球大会には、どういう訳か打ち勝ち投げ勝って、県代表として後楽園に出場する折、当時の徳田金沢市長に激励されたことは今でも忘れられない。その全国大会では、市制施行まもない茨城県いわき市役所と対戦。一球の失投で敗れたが、徳田（旧姓元角）捕手とは呼吸がピッタリ合って内外角思うところにコントロール出来た。帰りに乗った東海道新幹線の速いこと、窓外の景色が飛ぶように去っていくことに皆驚いていた。

その後はノンプロ北陸電電からの選手でかためた金沢電話局に歯が立たず。全国軟式野球大会（全軟）の県代表決定試合の予選は、絶好調で打たれる気がしなかったが、好事魔多しと言うべきか2塁打でセカンドにすべり込んで骨折。7月12日、生まれたばかりの長女の面会に病院へギプス姿で行った思い出は、全軟の不運な記憶と共によみがえることがある。

当時の私の勤務は、現在の県立歴史博物館になっている出羽町の旧金沢美術工芸大学事務局であって、平成3年（1991）4月の人事異動で20年ぶりに現小立野5丁目の金沢美大事務局勤めとなったが、娘も成人しこの春就職した。この間、球歴以外のさまざまな語り尽くせないことがあるが、金沢美大とも不思議な運命の出会いみたいなものを感じている。

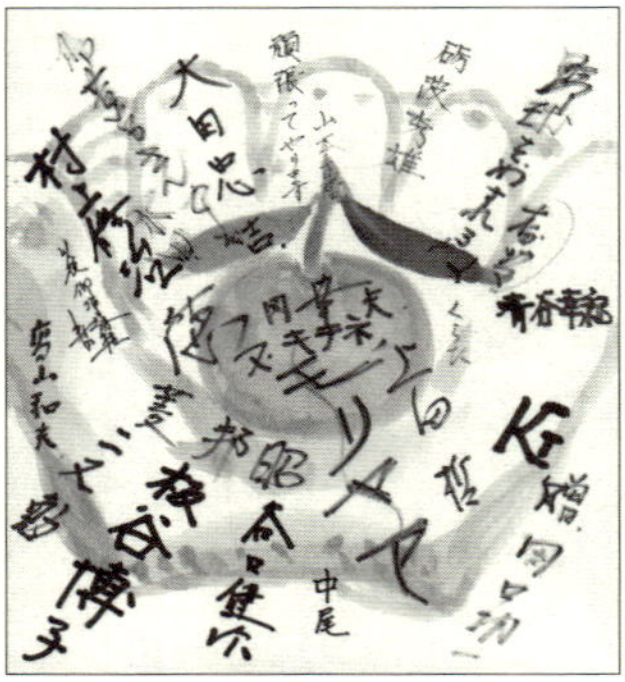
国体出場記念の色紙

昭和46年（1971）秋、念願かなって和歌山国体の出場が決まった。全く夢のようで、町体協からの祝いののぼり旗を自宅前に掲げ、1歳になった娘と記念の写真を撮った。今も大切にし、時々ながめては、当時野球に没頭できた幸せをかみしめている。昭和天皇を迎えて紀三井寺運動公園で行われた開会式も思い出深い。「若い力」の曲に合わせ正面スタンドを通過する時の興奮は、参加した者しか分からない。国体の入場行進を毎年テレビで見る度にその時の思いがよみがえってくる。

野球会場は南紀白浜に近い田辺市であった。試合は1回戦に勝って調子づいたことで準々決勝まで駒を進めた。その試合は延長戦で負けてしまったが、試合の間ずっと我々のチームの世話をしてくれたのは、田辺市職員の山崎光春さんであった。親身になって時間外まで付きっきりでお世話いただいたことに感謝し、今も友情を温めている。毎年12月にはきちんと紀州みかんを送ってくださるので、こちらも当地の珍味を賞味していただいている。平成3年石川国体には、是非山崎さん一家を招待しご恩返しをしたいと思っている。

町内の中学同級生のチームで（右端が私）

昭和50年代は4リーグの早朝野球4チーム（金沢木材・ミッキーズ・バイソンズ・大徳塗装ピエローズ）に籍を置き、選手権大会に二度出場。しかし、ベストピッチングができないままに、昭和54年（1979）と昭和59年（1984）に夏の町内ナイター野球で、右足に続き左足のアキレス腱の断裂を体験。準備体操の不足と体力の衰えに気づかず、全盛時の気持ちでハッスルプレーをしたため足に負担がかかり、無残な結果となった。1カ月の入院にリハビリのための通院は、職場や家族など周囲に非常に迷惑をかけることになったが、この二度の事故が大いに反省する機会となって物の見方や考え方に幅ができた。また逆境にあって人情のありがたさを痛感した。この出来事があってからは勝負を度外視して野球を楽しんでいる。

食糧不足の時代に白球にとりつかれ、昭和の復興期に球児となってひたすら野球に情熱を傾けた。経済成長期の真っ只中には、社会人軟式野球Ａクラスの中でライバルチームと技量を競った。野球人生30年余は、さまざまな思い出と教訓を私に与えてくれた昭和の最高の時期と言えた。ここに綴った我が野球史の感動の一コマ一コマをつなぎ合わせて出来上がったドラマは、私のかけがえない財産となっている。野球がくれた宝は健康でもあったが、また野球を通じて知ったすばらしい人たちを忘れることができない。一球の怖さ、打者との駆け引き、チームワークの大切さ、不屈な根性など野球から体得したことは、人生の生き方に通じる知恵となり私を大きく成長させてくれた。野球が私にとってすばらしかったように、それを十二分にプレーできた時代「昭和」にどれだけ拍手を送っても、送り足りない思いで一杯である。

物があふれている平成の時代は、心の豊かさが求められている時代とも言われている。何より私は、スポーツを普及振興することが子どもたちの心身を育む方法だと考え、そのための協力は惜しまないつもりである。野球ができたすばらしい「昭和」に感謝し、そこで得た貴重な体験を末永く、生かしていきたいと考えている。

（「私の昭和史」より加筆・転載）

4、白山登山

平成29年（２０１７）は地元の霊峰白山が開山して１３００年の節目の年であるが、この白山に初めて登ったのは高校1年。今から59年前の昭和33年（１９５８）夏のことになる。湊小学校で４年、５年、６年と、３年間担任だった恩師六反田祐男先生が引率して、同級生六人で参加した山行きだった。

出発の日は、朝から暑い日差しで、当時あった北陸鉄道の寺井駅から白山下駅まで電車を利用して向かった。その後はバスで登山口の市ノ瀬に着き、登山道を歩いた。10代の若者の一行は、登山ルートや所要時間を考慮しない神風登山。しかし、先生の指示で1時間歩いて約10分の小休止をとっていた。

炎天下何するものと勇んでの登山は、ピッチが早いのと猛暑で途中喉が渇き、水場ごとに水をがぶ飲みした。冷水は甘露だったので、腹はチャポンチャポンと音がした。もちろん、周囲の山々の

近所の人らとの白山登山

景色や登山道脇に咲く高山植物などに目が届く余裕すらなく、ひたすら重い足を引きずり登った。やっとその日の宿泊する室堂に着いたとき、私が一番バテていた。

翌朝3時、起床合図の太鼓の音に目を覚まし、懐中電灯を頼りに山頂を目指す。急な上りと前日の疲れで足が重く、皆の最後尾につき息絶え絶えで頂上に到着。御来光を拝み、仲間と一斉に万歳を発声したとき、疲れは一瞬で吹き飛び、最高の感激を味わった。頂上で一休みして皆で山頂付近の池巡りに向かった。近道をとるため急な岩場の石伝いに進まなければならなかった。初めての岩場歩きと登山靴でない運動靴では過度の恐怖感に襲われ、何度も岩の上で立ち往生した。皆について行けない屈辱を味わったが、初の白山登山の感激は今も忘れられない。

室堂周辺で見たクロユリなどの高山植物、雪渓で食べた炒り粉の味、雲海から突然顔を出した御来光などは、下界で体験できない登山ならではのことで、私をすっかり山行きへと魅了させた。その後、毎年夏になると、白山と北アルプスのどこかの山へ出かけるきっかけとなった初の白山登山だった。

夏の章

1、熊田君との夏山登山

初めての白山登山の感激が忘れられなかったことで、翌年小学校同級生の熊田健成君を誘って、今度は二人での山行きとなった。彼が昭和57年（1982）5月5日に亡くなるまでの約20年間、親交を深める夏山に毎年登った。日本海と手取川の近くに住みながら、私は釣りに全く興味がなかったことも山へ惹かれていった理由かもしれない。

毎回の山行きの同行者は、家族、近所の人たち、山好きの仲間らと違っていたが、どれも忘れられないものばかりだった。中でも北アルプスを縦走した熊田君との夏山は、二度と行けない思い出に残るもので書き留めておきたい。

冷池小屋の暖簾

彼との印象に残るのが、立山峠を越えてザラ峠をめざした山行きだ。黒四ダムの上流に来て平の渡しの湖を舟に乗り、対岸の秘境ルートを歩き、その日は針ノ木小屋で1泊。翌日、立山と剣岳を見ながら後立山連峰を縦走し鹿島槍冷池小屋にたどり着いた。冷池小屋で1泊し、登山記念にと北アルプスの全容が描かれた暖簾《のれん》を買った。今も我が家の２階に掲げている。それを見るたびに当時の山行きと彼のことを思い出す。

もう一つあげれば、野営して薬師岳に登り、黒部五郎岳から西鎌尾根を通過。尾根道で雷と雨風に遭遇した。雷鳴が山の下の方でとどろく恐怖に二人は岩陰に身を潜めた。雨が止んで歩き出すと目的の槍ヶ岳の山荘は間近で、山荘近くにある小槍から眺めた北アルプスの全景は圧巻だった。翌日、山荘を出発し、穂高まで縦走して涸沢カールの山小屋から上高地に出た。途中の難所をカニの横ばいで鎖を伝ったことや谷底に見た飛騨側の風景は、スリル満点だった。

縦走した立山連峰の内蔵助山荘で

夏山登山で忘れられないのが、大学４年の山行きだ。アルバイト先の商店主と従業員らと薬師ルートで黒部の源流を渡り、急な崖を登り雲ノ平から笠ヶ岳に３泊４日で縦走した。そのとき、笠ヶ岳山頂でめったに遭遇しないブロッケン現象を初体験した。空中に自分の姿が浮かび、頭部が金色の御光がさして仏様になったようだった。

その後、このブロッケン現象を白山山頂でも見ることができた。山頂一面にガスがかかり太陽の光が横からさし込んで、山の高い場所にいて気づいたのだが、条件がそろう幸運に恵まれないと出合えないものだった。

感動の夏山登山は、元気な熊田君がいればもっと続いたことだと思うが、彼が逝ってもう35年余。もう私には山に登る体力はないが、若いころに夏山へ行った思い出だけはいつまでも脳裏から離れない。

2、在職38年の思い出の仕事から

昭和40年（1965）4月、金沢市役所職員になって定年まで38年間勤めて、平成15年（2003）3月、退職した。地方公務員として人生の半分近くを送ったが、過ぎてしまえばあっという間のことであった。この38年間に13の職場に異動したことは、自治体職員として例は多くないはずで私の誇りでもある。1職場勤務平均3年となるが、長かったのは議会事務局の7年、次いで衛生課の6年である。調べてみると1年だけの職場が4つあった。13の職場の勤務は、偶然にも本庁舎内19年、出先19年で半々であった。どの職場でも多くの人たちと出会い付き合って、何にもかえがたい貴重な体験をしたことに心から感謝している。

辞令1本で新しい職場へ移ることは、勤め人の常であって公務員も例外ではない。人事異動は仕事のマンネリ化を避けて職場に新風を送るために必要なことであるが、異動の発令を受けた人の運命をも大きく変えかねないので、適正で納得のいくものであってほしい。人事のシーズンの3月は、平安の昔からもそうであったが、宮仕えの身には悲喜こもごもであった。

異動の希望を人事当局に提出しても、希望通りの職場に移れるのはまれである。願いが叶ってもそこでうまくいくかどうか分からないものである。30代のころは喜んで新しい部署に替わっていたが、40代になるとどの職場でもいいと割り切って、「人間到る処青山あり」との思いだった。

地方自治の仕事は、身近な人の一生にかかわることが多かった。ゆりかごから墓場までといわれるように、13の職場を振り返ると皆そのことを実感するものだった。それを分けてみると次の五つのどれかに該当した。すなわち一つは児童福祉と高齢者福祉にかかわる福祉の分野。二つは教育センターと美術工芸大学の管理運営とスポーツ施設の利用にかかわる教育の分野。三つは保健所のほか多岐にわたる保健衛生の分野。四つは国民健康保険と国民年金の分野。五つに会議を進め、意見集約する議会事務局、農業委員会、市史編さん事務局だった。多種多様な職場での仕事を通じて得たことは、何にもかえがたい私の財産であった。

公務員として身に着けておきたいことを私なりに五つ挙げておきたい。一つ、仕事の根拠である法律、条例、規則等に精通すること。二つ、予算に強くなること。三つ、文章能力を高めること。四つ、対話、コミュニケーションの上達。そして五つは、職場の上司部下、同僚との人間関係を大切にすることだと考える。参考になればと記しておく。

22歳から36歳、新人から中堅へ

大学卒業後、新卒で採用されたのが１９６５年。東京オリンピックの翌年だった。右も左も分からない新人時代から、中堅と呼ばれる時期までの出来事を記す。結婚や子どもの誕生など、プライベートでも節目となることが多々あった。

（1）保険年金課（昭和40年4月〜昭和44年3月、22歳〜26歳）

東京オリンピックが開催された翌年の昭和40年（１９６５）、縁あって金沢市役所に採用された。新規採用職員は市民と接し地域の実情を知らなければと、市内に出向く職場に配属された。それが保険年金課だったが、その後そこでの経験が大いに役立った。

最初に担当したのが国民健康保険料の徴収で、担当地区は材木校下。今も旧町名復活が叫ばれているが、当時は校下に懐かしい町名が多かった。城下町金沢にふさわしい御歩町《おかちまち》、備中町、玄番町《げんばまち》、馬場先町などだった。材木町通りの様子は、今もそのころと全く変わっていない。たまたまそこの裏通りに入ると半世紀前にタイムスリップしたようである。

課では年金業務も兼務し、浅川校下と森本二俣地区を担当した。浅川校下の角間地区は、住宅戸数が少ない閑散とした農山間地だった。後年、城内にあった金沢大学が移転し、キャンパスとなってにぎわうとは想像できなかった。

徴収係1年、賦課係2年、庶務係1年の3係を課内異動したが、課では被保険者の健康保持増進のため、夏季限定で金石海水浴場に浜茶屋を設けた。そこへ職員2名が当番で管理に当たったことや、年1回人気歌手を招いて被保険者らの慰安会を金沢市観光会館（現金沢歌劇座）で開催したことも懐かしい。

当時の課の職員慰安旅行は、バスで各地の観光地に出かけ1泊した。年末には忘年会が企画され、加賀温泉郷のどこかで泊まることが多かった。課の幹事役は順番で担当しマメにやっていた。職員同士の結束が固いよき時代だった。

新規採用職員研修期間中、市役所に野球部があることを知り、すすんで入部した。仕事が終わると小立野の市保健センターグラウンドに直行し、毎日練習に明け暮れた。練習後はセンターの風呂に入り汗を流し、チーム仲間との結束強化を図った。その甲斐あって全国大会に三度出場することができた。

練習の成果と勝運にも恵まれ、昭和46年（1971）秋の和歌山国体に出場した。戦績がベスト8だったことは今も誇りに思っている。その他に市役所野球部在籍7年間で全国野球大会に二度出場した。全国準硬式野球大会と全国官公庁野球大会で、私の野球歴に残る輝かしい記録だった。その後、年齢を重ねての寿野球、還暦野球、古希野球と続く生涯現役の野球人生はここから生まれたと思っている。

（2）出羽町の美術工芸大学事務局（昭和44年4月〜昭和47年3月、26歳〜29歳）

出羽町にある金沢美術工芸大学は、レンガ造りの旧陸軍兵器庫跡を使っていて、現在の県立歴史博物館になっているところにあった。3階部分は物置などに使われ、ネズミやハトの棲家となっていた。しかし、学生たちの芸術意欲をそぐものでなく、かえって制作に適していたようだった。

後に藩老本多蔵品館（現加賀本多博物館）となる図書館が敷地内にオープンし、2階には北出塔次郎コレクションが開設した。また、隣接して金沢女子短期大学があって、移転後に県立美術館となった。今でも校庭の一角に残っている欅の大木は、美術工芸大学のシンボルとして大学の歴史を伝えている。

事務局は一番奥の棟にあって、中に入ると総務課と学長室。続いて教務課と学生課があった。学長は金沢大学で英語の授業を受けた大澤衛先生で、私と同時に着任した。事務局長は宮浦さんと2年間、竹内さんと1年間ご一緒した。学内には多くの名物教授がいて、一人ひとりの先生について語りたいが、中でも個性的だったのが図書館長の長谷川八十教授で、かわいがってもらったことは忘れられない。

総務課では伊藤昭円氏の下、予算執行の補助や庶務的事務を引き受けた。美術工芸大学が開設した当時を知る生き字引の清川静子さんは、主に来学講師の旅費や人件費関係の事務を担当していた。外部との連絡をとるために電話交換機が設置されていて、中村外喜子さんが専従だった。

冬になると課内に暖房用ストーブが取り付けられ、レンガ造りの室内は意外に暖かかった。予算の収支計算には差引簿が使われ、数字は手書きだった。まだ、電算処理の財務システムが開発導入されないころの、のんびりした時代であった。

当時は全国各地で激しい大学紛争が発生していた。美術工芸大学もその波及を心配して、局長命令で金沢大学へ情報収集によく出向いた。金沢城内のキャンパスはバリケードで占拠され、今でもその荒廃した大学風景は何だったかと思うことがある。また、昭和47年（1972）2月に起きた浅間山荘事件は非常にショッキングで、その一部始終を当直室のテレビで見ていたことを思い出す。

大学の宿直当番は月3回ほど順番でまわってきたが、自宅から通勤が省け、学内の宿直室で横になって休めてありがたかった。しかし、夜中に暗い廊下を一人歩いて旧式のトイレに行く怖さは、今もふとよみがえってくる。

東京芸大、京都美大と金沢美大の3大学が毎年三美祭を持ち回りで開催し、その種目の一つに野球の対抗戦があった。野球部の監督は日本画の平桜和正先生で、部員は20名ほどだった。私はすすんでバッティング投手をつとめ、コーチ役も買って出た。練習グラウンドは兼六園側の道路近くで、簡易ネットを張った狭いものだった。時々フライが上がると、道路に飛び出て歩行者に迷惑をかけた。その時の使用球は準硬式ボールで、打球が不規則にバウンドする中、美大生になって初めてボールを触る頑張り屋もいた。退部する学生の追い出しコンパに招かれ、平桜先生がレンガ校舎を背景に描き、部員一同がサインしてくれた色紙が、今も我が家の宝物として飾ってある。

美大校舎が描かれた野球部員の追い出しコンパの寄せ書き

本庁との連絡にバイクが貸与され、兼六園横の坂道から広坂までかっ飛ばし、市役所へよく往復した。昼はオープンして間もない、広坂通りの珍香楼のうまいギョーザ定食を注文し、名物マスターと顔見知りとなった。昭和45年（1970）のころだったが、この年に長女・裕巳が誕生した。大阪万博の開催年でもあった我が国の高度経済成長絶頂のときであった。

（3）議会事務局（昭和47年4月～昭和54年3月、29歳～36歳）

市議会事務局には総務課と議事調査課の2課があって、7年間を議事調査課にて勤務した。

この間、本会議場の一般質問などを通して、徳田、岡、江川と3市長それぞれの人物像の一端に触れたことは貴重な体験だった。

昭和47年（1972）夏、突然辞任した徳田市長の後に誕生した岡市長は、美濃部東京都知事、飛鳥田横浜市長らと期を同じころに誕生した。全国的革新ブームに乗ったときで、県内の小松、七尾の両市でも同様の革新市政だった。

議会は市長部局の執行機関に対し、議決機関としての立場から、政治と行政の接点となる特異な職場だった。そのため市民の日々の声や動向など常に注視し、結果として多くの政治的裏舞台を垣間見ることができた。職員としては議長に仕え、職務遂行する立場だったが、議長は2年、副議長は1年で交代するなど議会の慣例、申し合わせが通用する世界だったことも知った。

議会事務局での執務の様子

定例本会議は3月、6月、9月、12月の年4回開催し、臨時議会を必要に応じて招集したほか、下審査する5常任委員会や特別委員会の開催もあって、会議の進行にミスは絶対許されなかった。私はなぜか厚生常任委員会を担当することが多かった。委員長は野党第一党の社会党から選出されていた。議会の多くを自民党議員が占めていたので、当時の油谷議長が円満な議会運営を配慮して委員長ポスト一つを野党第一党に渡すことにしたと聞いている。

委員会の書記は、我々職員2名が担当し、会議の記録や議事進行の裏方役を務めた。委員会記録の作成は要点筆記だったので、まとめることに慣れるまで苦労した。委員の発言そのままを記録すると上司から注意され、文章言葉に直すようにと指摘を受けた。そのときの経験が、今もの書きをする際に活きている。

議員の随行として年2回ほど先進都市に視察調査に出かけた。視察の中で忘れられないのは、熊本、諫早、長崎、佐世保、佐賀の九州の各市と秋田、青森、むつ、釜石、仙台の東北の各市にレンタカーと自家用車を利用したことだった。当時めったに行けない土地に車で訪れ、各地で多くの見聞を広められたことは、その後の公務員生活はもちろん、私の人生で大きな収穫となった。車は慣れた議員が運転し、事務局の私に絶対ハンドルを握らせなかった。万一事故が発生した場合を考えてのことだった。それにしても議員の手慣れた運転に満足しながらの旅だった。

市議会だよりの編集作業

議員活動などを市民に広報するため、年4回「市議会だより」を発行した。係長の私は部下三人に、10数名の発言議員の質問と答弁を割り振り、原案文を作成させチェックした。三人の原稿はそれぞれ個性的だったので、調整し統一するのに苦心した。誤解を生じることや一字一句もミスは許されないので細心の注意を払って原稿づくりをした。結果、在任中一度も市民から苦情を聞かなかった。市議会だよりに載せる写真にも随分苦労した。特に表紙の写真は注目を引くので、市内の季節の風景や風物詩などを入れていたが、次第にネタ切れとなってきた。検討した結果、シリーズものを採用することになって、「金沢の町の坂」シリーズなどの登場となった。

7年間で三人の議員の逝去に接したことはショックだった。池田、蚊戸、酒尾さんで、酒尾さんは東京陳情での突然の死去だった。皆思い出に残る人間的魅力のある方々で市政に対する功績が大だった。弔意を議場で表するため、三人への原稿案を書くことがなぜか私に指名された。本会議冒頭に故議員の反対党である長老議員が故人を偲んで哀悼を述べるのだが、読み上げる原稿には議員の功績をとり上げ、高く評価しなければと苦心したものだ。

36歳から49歳、中堅からベテランへ

36歳から49歳にかけての、13年間の思い出を記す。中堅からベテランの域へとキャリアが進み、仕事内容も一層、責任を伴うものが増えてきたころ。多忙な毎日を過ごしながら、やりがいにあふれていた時期でもあった。

（1）衛生課（昭和54年4月～昭和60年3月、36歳～42歳）

6年間の在職で四人の課長に仕えた。非常に気配りをしてくれる人と反対に自己本位の人もいた。仕事は人の一生の縮図のような「ゆりかごから墓場まで」の公衆衛生、保健衛生、環境衛生など多岐にわたっていた。課は市内3保健所（泉野・元町・駅西の保健所）の予算も総括し、予算項目も多く細かい事業が数多くあった。しかも、庶務係長の私が直接担当する予算もあって、事業内容全般を掌握するのにかなりの時間を要した。

担当する仕事が多いだけに関係する行事、各種大会、記念事業、建物の完成などの市長祝辞・挨拶文の依頼も多かった。この仕事のほとんどを私が担当したが、重なると1日4件になることもあった。これらを書きこなすには職場だけでは困難で、自宅に持ち帰って手掛けたこともあった。文章には起承転結を心がけ、承と転の部分の内容をどうするかがポイントで、そこを決めるのに苦心した。前年に作成した文章綴りから引用すれば容易だったが、私の主義からして許さなかった。あくまでも新しいネタや発想を求めることにした。寝床から起きる前のうとうとした瞬間に意外といいヒント、知恵が浮かんだので、いつもメモ用紙を寝床に置いて書けるようにした。しかし、うまくできたとしても文を読む人の感情や気持ちが入るかどうかでいい挨拶文だったかが決まる。事務的に読まれてがっかりしたこともあった。

6年間、市単独の補助金関係の仕事も担当した。患者団体等の小額補助から建物建設費補助までと幅広く関わったが、市医師会への各種補助金、公衆浴場組合への各種の補助金など今も継続して執行されているだろうかと思うことがある。これらの補助金のうち大手町に建設した金沢市総合健康センター（現金沢健康プラザ大手町）は、在任中の特別思い入れの強い施設の一つだった。

昭和56年（1981）の豪雪のとき、野犬や捨て犬を保管する金沢市小動物管理センター（現金沢市動物愛護管理センター）前の取り付け道路の除雪と老朽化した談義所火葬場（後に東斎場として改築）の屋根雪下ろしは、今も忘れられず記憶に残る。また、春秋2回の狂犬病予防注射の応援に市内各地へ出向いたが、生まれつき犬が苦手な私は、大きな犬が近づくと噛みつかれないかとびくびくした。

昭和58年（1983）には市組合執行委員の教宣部長に就任し、団交、広報委員長などを通じて組合活動に1年間従事した。この体験は市役所を職員組合の立場で知る貴重な体験だった。苦い体験だったのが、昭和54年と昭和59年にアキレス腱部分断裂を二度起こしたことだ。入院加療に約1カ月を要したが、不思議なことに二度とも地元ナイター野球での怪我で、初めが投手で足を跳ね上げげた右足、後が3塁ランナーで体をひねった左足だった。断裂の際、二度とも「ブッー」と不快な音がして、それきり歩行できなかった。

健康を確保増進する仕事に従事しながら不本意な怪我になり、恥ずかしい思いだった。しかし、ギプスを固定しての悶々としたベッド生活は、長い人生で神が自分に休息を与えてくれたのだと割り切ることにした。初老前後の体の変わり目のときだったが、まだ無理がきくと現役選手当時の動きをし、十分な準備体操やストレッチをしなかったため当然の結果だと知った。年齢的に確実に老いがやって来て、私に多くの試練を与えた6年間の職場だった。

（2）スポーツ施設管理事業団（昭和60年4月～昭和62年3月、42歳～44歳）

公の施設である体育施設の管理は、市が直営で行うだけでなくスポーツ施設管理事業団などに管理委託する方式もとっていた。ここでの私の身分は教育委員会の保健体育課付けだった。異動してみると昭和60年（1985）の石川高校総体（インターハイ）開催を控え、泉野の市総合体育館や長町の中央市民体育館などの施設建設の完成が急がれていた。事業団では中央、南部、西部の3管理事務所体制を採用して、私は中央管理事務所の所長に就いた。

所管する一つの総合体育館は、夏の全国高校男子バレーボール選手権大会の会場だったが、完成間近にメイン競技場の床が隆起した。泉野地区一帯は昔から地下水の豊富なところで、連日の長雨で床が盛り上がったのが確認できた。幸い夏が近づくにつれ、自然と水が引いて関係者一同胸をなで下ろした。

総合体育館のこけら落しは、東京女子体育大学の秋山エリカ選手らを招いて新体操の演技が披露された。全国高校男子バレーボール大会当日は、8月上旬の最高に暑い日だった。しかし、会場の体育館内は冷房が効いて最適環境の下、競技が行われた。決勝戦が終了して選手たちに会場の感想を聞いてみると、誰もが最高の施設でプレーできたと感謝の言葉を述べてくれたので、正直、責任者としてほっとした。このとき、会場の照明灯の一つでも切れ、競技の進行に支障があれば大変だ。万一、地震や火災が発生したなら最後に館を出る覚悟をしていた。幸い何もなく競技が運び安堵した。

2年目は東力地区にある西部管理事務所に移った。ここでは東力プールなどを管理したが、前任者のときに水死事故が起きたので、それだけは絶対避けなければと監視職員らに十分注意を喚起した。新春の初泳ぎの前に、関係職員を集めプールにお神酒を注ぎ、1年間の無事安泰を祈願したことも忘れられない。

東力プールは、西部清掃工場のごみ焼却の余熱を利用した温水で、泳ぐ人からは心地よいと評判だった。団体使用と個人使用の調整が必要だったが、さしたるトラブルもなかったことは幸いだった。プールと併設して地元の利便施設である憩いの家があった。地域の高齢者が余熱利用した浴場に入り、大広間で休息するなど利用者に喜んでもらった。

西部管理事務所が所管する専光寺ソフトボール場はグラウンドが数面あって、以後年々、整備拡充していった。東力プールの2階は体育館となっていて、そこで保健体育課のスポーツ教室を開催し、所長としてあいさつを何度かすることもあった。

施設の管理に当たるため、体育施設整備士の資格取得に東京国立競技場に1週間通った。宿泊は赤坂にある都市センターホテルで、シングルの部屋を予約した。大学卒業以来20年ぶりとなる連日の講義に疲れたが、休日に代々木の室内プールでリフレッシュしたことも懐かしい思い出だ。

講義終了後に試験があったので、不合格だけは絶対許されないと毎晩復習をして講義に臨んだ。幸い合格できたことは、事業団に戻って面目が立った。この資格は後に1日の再受講で国家資格となったが、再受講しておけば良かったかどうか分からない。

（3）保険年金課（昭和62年4月～昭和63年3月、44歳～45歳）

保険年金課は国民健康保険と国民年金の業務の二つを担う職場で、私の役職は市民部に所属して課年金担当副参事だった。

国民年金の加入者は、20歳以上の自営業者などで、将来の年金受給に不安は隠せなかった。年金制度は世代間の助け合いで、掛け金そのものが戻るものでなかったので、加入者に理解が届きにくかった。魅力がないこともあって年金保険料の未納者が増え、担当者として対策に苦心した。

課内が国民健康保険の担当職員と一緒だったので、スムーズに仕事を進めるために応援協力体制をとり、情報交換等を行った。翌年の機構改革で市民部が廃止され、国民年金は独立した課となった。在籍1年では国民年金の複雑な手続きなどを熟知できないままに、異動で職場が変わった。しかし、定年後の61歳から自分の共済年金の受給には、国民年金業務を経験したことが大いに役立った。

国民年金加入者の多くは自営業者で、その中に夜の飲食業関係者がいた。これらの人たちが多く住む中村校下を担当したので、年金保険料滞納者の自宅、アパートによく訪問した。自宅を訪れても寝込んでいるのかいないのか、呼んでもなかなか起きてこなかった。それで訪問時間に随分苦労したものだった。業務のため訪ねたあるアパートでヤクザ風な男と対面したときは、日本刀を突きつけられ凄まれたが、怯むとつけ込まれると思い毅然とした態度で接した。用件をよく聞いてみると市の納税相談のことだったので、直ちに要望を聞いて処理することにした。このような体験はいくつもあったが、今では懐かしいことだと思っている。

国民年金事務は国の機関委任事務だったので、県の年金課、社会保険事務所と事務連絡や打ち合わせをよく重ねた。そのために統一的業務推進を図る研修会を定期的に開催した。当然、課に職員の参加要請がきたので、職員全員に公平に出席してもらうよう腐心した。

当時も年金保険料収納率向上が課の重点目標であって、日曜に年金相談の開催などを企画したのも私がいたときだった。地区に出向いての相談や加入要件が20歳以上である大学生向けの相談も実施することになった。

その年の全国国民年金大会は釧路市で開催することになった。課長が出席するものと思っていたが、私が参加するようにと指名を受けた。課長自ら出張し、部下に参加させない上司が多い中、若い部下に体験させ、将来の勉強になるとの判断は、その後の公務員として勤務する際の教訓となった。

釧路市には議会事務局時代に議員との視察で一度訪れていた。そのときは金沢から電車で青森へ行き、そこから青函連絡船を利用。二度目の今回は羽田から直行便で釧路空港に着いた。大会終了後に全国各市の参加者と根室から北方領土を視察する機会を得たことと、知床方面から網走原生花園、網走刑務所にも足を伸ばせたことはめったにない旅として忘れられない。

（4）城北児童会館（昭和63年4月～平成3年3月、45歳～48歳）

子どもたちにとっての大切な遊びの場がなくなり、危険な場所が増えていく中で、児童館の必要性が高まっていた。市内には法島町に県立児童会館（現いしかわ子ども交流センター）があり、小坂町に市立城北児童会館があって地域的バランスがとれて、市民はどちらか近い方の児童会館を利用すればよかった。また、当時市内の各地区には24の地区児童館があって、在任最後の年に三和児童館がオープンして年々地区児童館が増えていった。

城北児童会館内に玉川図書館分館が設けられ、そこを利用する人たちに会館行事などを知ってもらい、会館と図書館が共存共栄の関係にあった。施設の内外を見ても子どもたちの夢が持てるようなデザインに設計されていた。外には滑り台、ジャングルジム、砂場、花壇などがあって、親子で気軽に利用できるようになっていた。

城北児童会館に着任する2年前の昭和61年（1986）、PTA活動を通じ児童健全育成に取り組んだ経験があって、ここでもそのことを活かすことができ、やりがいのある職場だった。思えば38年間の市役所生活で最も充実した3年間を送れたようだ。

毎月恒例の館内行事も皆で工夫し、新規の行事にはアイデアを出し合った。城北児童会館の行事周知案内である「城北だより」を毎月発行し、市内関係機関先に直接配布したことも思い出だった。特に、季節行事で忘れられないものの一つが、城北農園の芋苗植えに芋掘りと石焼芋大会だった。粟崎児童館から借用した石焼芋機で焼いたホカホカの焼き芋の味は格別だった。その他、スイカ割り大会とお化け屋敷体験は夏の人気行事で忘れられない。スイカは安原児童館の安原館長の好意によるもので、たまたまイルクーツク市の子どもたちが来館した際に提供し、スイカ割りに挑戦してもらった。そのとき見事にスイカを割った異国の子どもへ風船などを差し上げて、地域の親子らと一緒に遊んだことも印象に残る。

平和町児童館の川島館長が指導する夜の星の天体観測の「星を観る会」や、小坂町周辺の地域児童・生徒による音楽発表会の「春を呼ぶ音楽まつり」は有意義な行事だった。毎日学校帰りにやってきて一輪車を楽しむ子らとすぐに親しくなり、私を「お兄さん」と呼んでくれたことは懐かしいが、今ではもう「ジージー」である。

城北児童会館ではすでに子育て事業の「こあら教室」がスタートしていたが、市内各地の地区児童館にも子育て教室を開設しようとの計画が持ち上がった。これが「こあら教室」と区別して「かんがるー教室」となった。

児童館フェスティバルで
子どもと将棋をさす私

地区児童館の館長と館を支えるボランティアの母親クラブの二つの連絡協議会の事務局も、城北児童会館に置き私が担当した。館長は多分に名誉職だったが、児童厚生委員の活躍と母親クラブの応援がその館の活性化のバロメータであった。毎年秋に城北グラウンドで開催する児童館フェスティバルは、1年間の成果発表の機会で、彼女たちと市内各地域の児童が一同に会しての楽しいお祭りだった。

（5）小立野の美術工芸大学事務局（平成3年4月～平成4年3月、48歳～49歳）

23年ぶりに二度目の美術工芸大学事務局勤務になった。出羽町の美術工芸大学事務局当時、小立野の刑務所跡地に新たな大学移転建設計画が持ち上がり、昭和47年（1972）秋に新大学が完成した。久しぶりに見た大学の校舎は、各所に傷みや汚れが目立つようになっていた。

4月に北出藤雄新学長を迎え、私はかなり期待して事務局に勤務したが、大学に数多くの学内委員会があって議論・協議などに時間を要し多忙を極めた。そのため事務局内の協調・協力が不可欠だったが、その姿勢がみられず失望感が少なくなかった。学内の教授会や評議員会も長々と会議が続き、結論の出ることが遅かった。そのことが次の会議に結びつくだけに、ハラハラする場面が少なくなかった。

工芸実習棟の建設と竣工式、台風による多数の樹木の倒れに運動場の縮小問題など課題も山積し多難な1年だった。しかし、若手の多くの先生方に出羽町の旧美大同様親しくしていただき感謝することが多かった。

北出学長は、本来の陶芸作家活動の時間を割いて加賀市から公用車で来学し、大学運営等に当たられていたが、常に職員らに配慮される温和な方であった。事務局内の我々五人の職員が人事異動で替わることを知ると、記念にと7枚の色紙を用意し私に相談された。私は色紙7枚を学長室に並べ、好きなものを上司から順に選んではと申し上げた。人数分以外に余分に2枚用意された気配りには驚かされた。普通の人だとまず5枚しか準備しないものだと思う。学長さんの人柄を知る忘れられないエピソードだった。

前学長だった桑田良夫さんは、時々大学を訪れ、和菓子などを差し入れてくれた。議会事務局当時、市教育長として本会議場でご一緒し、話をする機会があって名前を覚えてもらっていた。県と市の要職の経歴が長い方で、部下には行き届いた配慮をされる人だった。市教育長時代も長く、教育の実情をよく語ってくれた。桑田さんの学長退職のねぎらい会の準備を担当したことと叙勲申請の手続きをすすめたことも忘れられない。しかし、叙勲申請には時間がかかり、翌年になってようやく栄誉に浴された。

美川町が生んだ大正時代の天才作家・島田清次郎を顕彰するため、文学賞を制定する話が持ち上がり、町の山本社会教育課長が私を訪ねて来学した。賞の副賞に記念のブロンズ像を贈るため、その制作を依頼するためだった。当時、個人的に親しくしていただいた学生部長の得能節郎教授に無理をお願いした。先生とは退官後も親交を得ているが、今も彫刻の制作などに元気で活躍されていることはうれしい限りである。私はこのご縁もあって島清恋愛文学賞の推薦委員を10年近く務めることになって、出会いの不思議をつくづく感じている。

49歳から60歳、ベテランから退職へ

管理職を任され、幾多の課や施設で汗を流してきた。最後の職場となったのは、市史編さん事務局である。金沢市制100周年記念事業のこの職場が38年の締めくくりとなり、そこから縁が重なり自分史出版へとつながっていった。

(1) 市教育センター (平成4年4月~平成7年3月、49歳~52歳)

市教育センターは視聴覚教育と教育相談の二つの大きな教育部門の役割を持ち、市内小中学校の先生方の研修会や教育委員会の会合、校長会や教頭会の会議等に広く活用されていた。センターは武蔵ヶ辻のスカイプラザ4階に事務局があり、その上の5、6階のフロアには視聴覚関係の機器を備えた研修室や大集会室などがあった。

このビルはニュースカイビル管理組合で運営され、市以外のビルの商業関係の組合員は管理運営に必要な経費を負担していた。事務局は市職員の私が兼務するほか、組合雇用の女子職員が1名従事していた。彼女は毎月の電気料などの負担計算をして、市等に請求また支払いを行っていた。このビルは名鉄丸越デパート (現めいてつ・エムザ) と接していたので、デパート側のスカイビル管理組合と親子のような関係にあった。そのため火災予防週間などの時期には

定期的に打ち合わせを行っていた。

ビルの地下構造は複雑で、技術系の職員でない私には想像できない世界だった。ビル関係機械の修理が必要になると、業者と立会いに地下へ入ったが、出口が分からなくなり何度も右往左往した。

組合の理事長は、スカイプラザの岡社長で温厚な方だった。年1回のビル管理組合の総会の打ち合わせや連絡相談に3階の社長室を訪れると、毎回ビル内にある喫茶店に誘われ、コーヒーをごちそうになった。美術工芸の分野に詳しい方で、美術工芸大学の先生方のことをよく知っていて、二度の美術工芸大学勤務の私と共通話題に事欠かなかった。

ここでは教育相談の一環で登校拒否児対策に取り組み、その受け入れも行っていた。来所する子どもたちと毎日顔を合わせていると、いつの間にか何人とも親しくなった。外見だけでは学校に行けない子どもたちの悩みは理解できなかったが、出会った児童の一人のU君は、今も毎年年賀状を送ってくる。書かれた文の内容から立派に成人したことがうかがえ、うれしさと当時の懐かしいことがよみがえる。

ビルの4階の出口から名鉄丸越デパートに通じ、何かと買い物に便利で出かけた。ここに駐車スペースがあって公用での来車もできた。また樹木が植えられ、夏枯れ予防に出勤時の朝一番に放水したり、害虫発生の防除作業を定期的に行ったりした。

３年間でビル管理組合の全国大会に札幌、京都、高松の各都市に出かけた。大会会場はそれぞれの都市の最高級ホテルで開催し、豪華な趣向の懇親会は公務員でめったにない体験だった。参加者や来賓の中には国内最大手の不動産会社社長や政財界の著名な方々も含まれていた。

平成６年（１９９４）に金沢ボランティア大学校が長町研修館に開設し、早速、夜間の生涯学習コースの受講を申し込んだ。応募者多数で抽選となったが、運よく入校することができた。1年間欠席することなく講義を受け、修了証をもらい１期生として卒業した。このことが後年、バングラデシュの学校づくりの教育支援などに結びつくのであった。

職員ソフトボール大会優勝の表彰式

毎年開催している市職員ソフトボール大会には、選手として学校教育課の職員と教育センターの中山、角田の両先生らに私が加わって出場し、３年連続優勝した。本課と教育センターが協調し盛り上がった時期でもあった。

（２）元町保健所（平成7年4月～平成10年3月、52歳～55歳）

当時は市内に泉野、元町、駅西の３保健所があったが、地域保健法の成立を受けて1保健所体制に移行すべきとし、泉野と元町が福祉保健センターに、駅西を保健所と福祉保健センターの両機能を持たせることにした。泉野はすでに改築整備を終え、次に元町の改築が懸案となっていた。しかも施設は福祉と保健の連携が求められる、時代的要請に応えなければならなかった。このため3保健所が集まり、私を含めた関係職員が保健所業務と福祉保健センター業務の仕分け調整に何度も会合を重ねた。会議方式は3保健所持ち回りで開催したが、駅西で行うことが多かった。

元町福祉保健センターの改築は、泉野が先にしていたので一応参考にしたが、新たな福祉保健の内容等を検討することが中心課題だった。現有敷地が狭かったことも懸案の一つだったが、幸い近接する家の所有者が高校時代の同級生で移転を希望していたこともあり、用地取得がスムーズに運んだ。用地関係の業務を専門にする衛生課の今村氏が応援することになって助かった。また、改築中の仮舎業務に、明成小学校に統合予定する此花町小学校の空校舎を利用できたことも幸運だった。

さらに、建物の耐震化問題や外観のデザイン、バリアフリーなども課題だった。そのため、まず市長に新センターの基本的コンセプトを取り付けることにし、右田所長以下の関係職員で市長のヒアリングを行い了承を得た。工事にかかる段になって市営繕課の技術職員の平井さんらの指導協力や職員の表さんや山本君に積極的に取り組んでもらって順調に運んだ。

また、保健所内にあった元町市民センターの仮舎内で勤務する職員には、工事中の騒音に随分と悩まされたことと同情を申し上げたい。完成オープンした平成10年（1998）4月には老人福祉センター鶴寿園に異動となって、新施設での業務に従事できなかったことは、少し残念だった。38年間の在職中で初めてハード面の大事業に関われて、多くの幸運に恵まれ貴重な体験ができたことは、ただただ感謝であった。

本来の予算の庶務的仕事のほかに健診時の受付、駐車場の整理、医師派遣依頼に月間行事予定表を各新聞社に持参する業務などもあった。城北児童会館での児童の受け入れや地区児童館の「かんがるー教室」での経験があったので、健診に来る3カ月児、1歳6カ月児、3歳児などを見ていると、同じ年ごろの乳幼児である孫とつい比較することも少なくなかった。

毎年数回、将来の看護師を目指す専門学校の生徒たちが、保健所実務研修にやってきた。私はオリエンテーションの講師を担当したが、研修生は皆希望に満ち、熱心に講義を受ける優秀な生徒だった。

（3）老人福祉センター鶴寿園（平成10年4月～平成11年3月、55歳～56歳）

市内に4館ある老人福祉センターは、それぞれが市中心地から離れ、ほぼ東西南北に位置している。利用者は60歳以上の市民で、誰もが無料で風呂や大広間などを使えた。

その一つである勤務した鶴寿園は南部地区の額谷にあって、デイサービスも併設されていた。

維持管理は市福祉サービス公社に委託し、その下に業務を行っていた。2階の大広間や1階の娯楽室をのぞいてみると、利用者は皆楽しそうにくつろいでいた。勤務になれてくると何人もの来館者と親しくなった。

昭和59年（1984）にオープンした鶴寿園は4館のうち最も新しく、周囲の自然環境に優れて利用客が満足するものだった。朝の開館前に職員一同で体操をし、その日の仕事のスタートに備えた。時代は少子高齢化が進み、城北児童会館での児童福祉と老人福祉センター鶴寿園での老人福祉といった二つの福祉部門の現場を体験したことは、公務員生活での貴重な財産だった。

妻と訪れた寅さん記念館（葛飾柴又）

鶴寿園は通路で行き来できる併設の額谷ふれあい体育館があり、何かと利用面で便利だった。敷地周辺にはりんご園などがあり、丘を利用したユニークな施設もあって幼稚園児たちの遠足などにおすすめだった。春、夏、秋に季節の花が咲いて私も時々足を運んだ。そこを流れるせせらぎは見事な曲水をなし、その情景を詠んだ「鶴寿園賛歌」の歌詞が館内の大広間に掲げられていた。

施設に歌、踊り、演芸などの慰問ボランティアが月二度ほど訪れて、デイサービス利用者たちに喜ばれた。地域の小学校児童によるボランティア活動も、毎年定期的にやってもらい皆感謝して

原一平さんのサイン

いた。高齢者に人気の講座はカラオケ、ダンス、陶芸の三つだったと思うが、呼吸を整え、足腰を丈夫にし、手先を使い脳の刺激になることでこれらは皆健康につながるものだった。

館内の食堂は水野さん一家の奉仕精神で切り盛りしてもらい、利用者誰もに人気があった。飲酒は許可されていたが、水野さんの気配りで適量に協力してもらった。突然、渥美清演ずるフーテンの寅さんをものまねする原一平さんが慰問に来館し、持参したラジカセを流して、10数人の歌手の持ち歌をそっくりに披露してくれた。時々寅さんを思わせるセリフ入りで、集まった人たちからやんやの拍手を浴びていた。

ものまねの歌が終わると水野さんから食事の差し入れがあって、原さんは描いてきた自分の似顔絵を切り抜き、色紙に張って「幸せを呼ぶ鶴と亀」と書き添えてプレゼントしてくれた。鶴は鶴寿園で亀は葛飾柴又の亀や食堂のことで、二つことを結びつけた原さんの機転に驚いた。

翌年妻と東京に旅し、柴又の矢切の渡しと帝釈天を見て亀や食堂に立ち寄った。原さんとの懐かしい出会いは鶴寿園の思い出でもあった。

（4）農業委員会事務局（平成11年4月～平成12年3月、56歳～57歳）

人間生活に必要な三要素は「衣・食・住」で、どれも欠かせないものである。その中の食に関わる農業委員会の職場に異動したことは意外だと思った。就任したその年は、農業委員の任期3年が満了し改選期を迎えていた。そのため委員の改選事務に万全で取り組むことが求められていた。

委員会の定例業務では、中村直行会長の下、各部会の正副部会長による役員会と全委員による毎月1回の総会開催があった。議会事務局での議事進行などの経験をここでも活かすことができた。農業を取り巻く厳しい環境は、さまざまな課題を抱えて多難であった。何の縁なのか私の誕生日である7月16日に新農業基本法が成立したことを思い出すが、このため東京への陳情やその対応に多忙だった。ここで仕事上必要に迫られて、ワープロを覚えることになった。以前の各職場で早くマスターしていれば、随分と仕事の能率向上につながったと思うが、後悔先に立たずだった。

農業委員会の委員定数減はすでに条例で決まっていて、選挙も予想されたが地域ごとでの調整が進んで選挙なしで済んだ。選挙人の資格審査などの仕事は初めてのことで心配したが、局のほとんどが経験職員だったので、その指導の下、作業はスムーズに運んだ。市選挙管理委員会との事務連携があることも知った。当選した委員の自宅に当選証書を手分けして持参したことも懐かしい。

当選した中村直行委員が引き続き会長職に就任し、県農業委員会の役員も兼ねることになった。そのため県の会議にも出席要請され、連絡を取ることもあった。東京への陳情団のメンバーに加わり、私が随行して会長に同行した場合も、会長の体調に合わせながらゆっくりと歩行した。羽田に着いてからモノレールを利用し、浜松町から議員会館に向かう途中、偶然川北町の西田耕豊町長とタクシーで同乗することになった。車内で私の妻が川北町出身であることを話すと乗車料金を町長が払ってくれた。このことも東京陳情で思い出すことの一つだった。

中村会長は日ごろ事務局に世話になったと、深谷温泉に職員を招き宴席を張ってくれた。料理に地元八田地区で獲れたウナギの串焼きを出してくれたが、身の厚い香ばしい美味なもので誰彼も満足して口にした。会長は地元の町会長役などの要職をこなされ、多くを語らないが実直な人柄だった。私が県を通じて叙勲申請をすることになったが、決定は翌年になった。会長に直接会ってお祝いを申し述べる機会を失したことは今も残念でならない。

農業委員会では委員視察や研修の機会は少なくなかった。その中でも長野県飯山市と新潟県十日町市の両市を訪れたことは印象に残るものだった。長野駅から飯山行きの電車に乗り替え、市を訪問後日本の原風景が残る寺町寺院群や童謡・菜の花の里を案内されて、民宿「千曲」に宿泊した。そこは飯山市の女性農業委員が経営する民宿で、最高のもてなしを受け先進的グリーンツーリズムの活動などを伺った。参加委員は感銘を受け意義ある視察と言ってくれた。

農業委員会は農林部の組織下にあったので、部の幹部会が持ち回りで担当することになり、その年農業委員会が当番に当たった。４月の人事異動と同時に歓送迎会があって、会の司会進行をさせられた。農林部全体は仕事で酒を飲むことが多い職場だった。もちろん、農業委員会でもその機会は多かった。

（５）市史編さん事務局（平成12年４月〜平成15年３月、57歳〜60歳）

市史編さん事務局が最後の職場となった。金沢市制１００周年記念事業として市史編さん事業をスタートさせてきたが、私の在任３年間で資料編計８巻の刊行に当たることとなった。市史編さんでは、１２０名余の専門委員を抱えて息の長い取り組みが要求された。刊行した資料編の各巻を保管する若宮倉庫に納め、残りを事務局で手にしたときの喜びは格別だった。

市史編さん事務局で苦労したことは、執筆予定者の原稿提出が遅れることだった。一人の遅れが全体作業の進行に影響し、他の迷惑となって事務局を困らせることになる。そのため私自身が執筆者本人に直接会い、提出を催促するがすんなりといかない。当人も他の仕事を抱えて多忙なのであろうが、仕事ゆえ根気よく通い詰めるしかなかった。

市史資料編が刊行するとイベントを開催した。フォーラムか講座を催すのであった。前者は日曜午後に市文化ホール2階の大集会室を利用し、1回限りのものだった。PRなどに努めるが、当日の参加者数が常に気がかりだった。一方、後者は事務局1階の大会議室を使い、4、5回の開催だった。講座は市史編さんを担当した先生から資料編刊行の苦労話などを直接聴けて人気があった。受講生は皆金沢の歴史に関心を寄せ、熱心に聴き入ってくれた。

『こども金沢市史』

民俗編の講座は、特に印象深く印象に残っている。講座は出し物を演ずることが中心だったので、出演関係者と何度も打ち合わせをした。金石地区の悪魔払い、寺町浄安寺での西茶屋街芸妓の踊り、加賀万歳の出演などであった。直に観て説明が加わることで、受講者に好評だった。

平成12年（2000）12月、ふるさと教育を推進するため、市内の児童たちが郷土金沢の歴史に関心を持ってもらい、本を仲立ちに家庭や地域で活用を進める「こども金沢市史」事業がスタートした。担当は本来教育委員会がすべきだったが、学校週5日制の導入などで市史編さん事務局に割り振られた。市史編さん事務局内にこども市史編さん委員会を設け、屋敷道明委員長の下、小中学校の社会科の先生が委員として加わった。委員が授業の合間に事務局に集まり、発刊作業に取り組んでもらい、約2年の月日をかけてようやく貴重な本が刊行した。本を手に

『東西囲碁見聞録』

したときは取り組んだ事務局の一人として感無量の思いであった。

平成14年（2002）のNHK大河ドラマ「利家とまつ」は、戦国時代の夫婦愛をテーマにした物語で、放映人気も高く本市の歴史に関心が向けられ、市史への興味が高まった。ドラマの前に「こども金沢市史」に取り組んだことは、私に歴史を学ぶ大切さを教えてくれた貴重な経験だった。

市史編さん作業の出版を請け負ったのは北國新聞社出版局で、主に吉田智史氏が担当してくれた。彼との出会いから退職前の平成14年（2002）秋、自費出版『東西囲碁見聞録』の刊行へつながった。その7年後にも2作目の『人生暦・一言一縁』を出版し、友人仲間たちによって出版記念パーティーを二度も開催していただいた。仕事を通じて多くの人との出会いからの忘れられない出来事が多かった。

3、かんがるー教室

城北児童会館では、子どもたちにとって大切な遊びを通じて児童の健全育成を図る行事、事業を行うことが使命だった。戦後、我が国が復興し経済成長していく中で、周囲から自然が失われ、子どもたちが自由に遊べる場が消失していった。このような社会環境で、子どもたちを取り巻く環境も異年齢間のつきあいが少なくなり、ファミコンなどに熱中するようになっていた。会館は昭和56年（1981）5月5日に開館し7年経ったころに勤務することになったが、ますます役割は重要になってきていた。

一方、世の中は高齢化社会の到来が叫ばれ、新生児の出生率が一人台に落ち込み、少子化が大きな社会問題になっていた。このため会館では既に子育てする親の悩みや不安を解消する施策として「こあら教室」を開設していたが、さらにこの教室を市内各地区の児童館にも普及展開することにして、名称を「かんがるー教室」と名付け、「こあら教室」と区別した。対象者は3歳児以下の親子で、「かんがるー教室」の名称は、親が袋に子どもを入れて育てるイメージした職員提案によるものだった。

昭和63年（1988）の秋、専門の保育士（当時保母と呼ばれた）たちと実施計画、業務の内容、予算化などを検討して、翌年の平成元年（1989）にスタートした。初年度は、スタッフの保育士4名で市内5カ所の受け入れ地区児童館を訪れ、親子のふれあい遊び、指導相談などを地区児童館の厚生員と協力して進めた。その後この教室は、年次的に順調に拡充して、厚生員の自主的運営で取り組むようになった。教室の受講者が定員をオーバーするなど好評を得ていった。

子どもの少子化は、我が国の活力低下につながり大きな社会問題でもある。その原因は核家族化、女性の社会進出、高学歴化とシングル化などが挙げられるが、少子化対策は高齢者対策でもあるので、国挙げての取り組みを期待したい。

今も時々思い出すのは、保育士を公用車に乗せて市内各児童館を訪れ、親子に遊びなどを指導して終わるころに、迎えに行くことだった。「コンパニオンの派遣業の運転手のようだ」と担当した保育士から言われたことが、懐かしく思い出されると同時に、振り返ってみた在職38年の中でも、多くの有能な女性職員たちに恵まれた職場だったことを幸せに思っている。

4、子と孫との旅の思い出づくり

昭和47年（1972）4月の人事異動で、職場が市議会事務局に変わった。職務の一つに議員との視察調査の随行があった。優良先進都市を調べ全国各地に公務出張するのだが、北は北海道から南は九州の視察市に年2回ほど出かけた。議会事務局在職7年間で15回を超えた。公務出張では先進都市調査が本来の目的だったが、訪問市の観光地などに案内されることもあって、多くの見聞を広めることができた。

また、昭和47年秋、議員の後援会関係者を引率してのハワイ行は、添乗員役での最初の海外旅行だった。この旅が後に海外渡航回数40回を超すきっかけになった。国内視察とハワイ行きは、自然と私を旅好きにさせたようだ。

振り返ってみると、70年代の日本は、高度経済成長、日本列島改造、オイルショックと続くが、空前の旅行ブームでもあった。当時の私は、大阪万博開催の昭和45年（1970）に生まれた長女と、

子どもらとの家族旅行（信州）

巨人軍長嶋茂雄が引退した昭和49年（1974）に生まれた長男を連れてよく旅に出かけた。

長女が3歳の時、中国から贈られたカンカンとランランの2頭のパンダを見ようと、家族三人で東京・上野動物園に出かけ、長男が2歳の時には、南紀一周と奈良のドリームランドに一家四人で自動車の旅をした。また、珠洲飯田と佐渡両津を結ぶ観光フェリーが就航した昭和52年（1977）、中学同級生の佐成君が船長だった関係で、佐渡観光に招待してもらい家族旅行もできた。このほか、親戚の子どもを誘い信州、京都方面に自動車で何度か出かけたこともあった。

時代は、物があふれ心の豊かさが求められようとしていて、私は「物より思い出、思い出は旅にあり」との思いを強くしていた。子どもとの家族旅行をしたことは、親子の絆を深め最高の思い出づくりになった。

子どもらとの家族旅行（奈良）

私の子どものころは、父が外国航路の船員をしていたので家に帰ることが少なく、たまたま船のドックで神戸、横浜などに入港した時、母と連れ立って父に会いに行った面会の旅ぐらいだった。そのとき父と甲子園で高校野球全国大会を観戦して、氷のカチワリを食べたこと、東京見物でテレビ放映開始後間もない時に、力道山のプロ

長男が同行した囲碁交流の旅
（台湾、平成18年）

レスをテレビ観戦したことが強く思い出される。
そのような私の家庭環境と旅行歴があってか、機会を見つけ子どもとの旅行を心がけてきたが、早いもので思い出の旅は40年余になる。

平成7年（1995）に長女が結婚し、初孫小百合が誕生した。夫の仕事の関係で山口県防府に転居した3歳の孫を訪ねて、妻と三大天満宮の一つ防府天満宮に参拝し、日本三景の一つ安芸の宮島と錦帯橋に四人でドライブした。宮島水族館でペンギンに触れて喜んだ小百合は、動物好きな子だった。防府にいたときに萩・津和野、九州の湯布院に妻とレンタカーの旅ができたのも、孫がいたからである。

その後、青森の三沢へ転勤になって二人目の孫さくらが誕生。二人の孫を見ようと、当時独身だった長男と当地を訪れた。ついでに津軽の各地を旅しようと、レンタカーを借り、奥入瀬《おいらせ》、十和田湖、黒石、岩木神社とドライブした。鯵ケ沢《あじがさわ》、深浦とたどり日本海の海岸沿いにある珍しい露天温泉の不老ふ死温泉に来た。夕闇が迫って薄暗い中を二人で慌しく入浴した。その夜は温泉から近距離のペンションを見つけて1泊し、翌日、世界自然遺産の白神山系の青池を散策した。長男との思い出の旅となったもう一つは、金沢国際囲碁交流協会が主催した台湾の台北で対局するもので、観光もあったので長男を誘い参加した。台北市内観光とバスでの台南、高雄を巡った旅は、めったとない親子の海外旅行であった。

今では、長男も結婚し長女絢香が誕生している。2家族は小松と野々市に居を構えていて会うことができるが、なかなか2家族の孫を誘っての旅は少ない。最近では平成25年（2013）、京都へ電車でさくらと絢香を連れての1泊の旅ぐらいで、清水寺、金閣寺、天龍寺、嵯峨野、嵐山などを訪れた。そのときの天龍寺前で、舞妓さんと絢香を前にした私の記念写真は思い出の1枚である。

絢香と舞妓さんと（天龍寺前）

孫の成長は早く、小百合は22歳、さくらは高校2年生で絢香は小学3年生。長女と長男の一家勢ぞろいでの旅はできないので、今は盆と正月の食事会か1泊の温泉に出かけることぐらいになったが、思い出づくりは形を変えても続けたいものである。

5、こだわりの年賀状

私がこだわり続けることの一つに、毎年11月下旬から書き始める近況を書き込んだ年賀状づくりがある。昭和50年（1975）ごろから続けてきたからもう40年以上になる。

一枚一枚手書きで添え書きを付けて出すが、送り先は親戚をはじめ小中高大の同級生、職場の知人など、これまでの人生で出会いつきあってきた大切な人たちである。近年、亡くなった人には出さないが、中には家族宛に送ることもあるので総枚数は300枚を下らない。

このため年末にかけて準備に慌ただしい日々を過ごすことになる。かつて妻と出かけた大糸線沿線の白馬のホテルで年末ぎりぎりに書き上げ投函したこともあった。ワープロやパソコンなどを使用した賀状づくりは私の好むところではない。あくまでも相手の顔を思い浮かべ、1枚1枚を根気よく仕上げる。一晩のノルマはせいぜい30枚といったところ。疲れてくると字が雑になるので自然とやめることになる。

これまでの賀状で忘れられないものがある。昭和63年（1988）から3年間勤務した城北児童会館での版画の賀状づくりのことだ。当時ブームだった「ちびまる子ちゃん」をモチーフに刷り込んだことや、我が家の2階から眺める白山連峰と手取川の雄大な景色を言葉にしたものなどが思い出される。珍しいものでは、長女・長男と妻に私の名前の漢字1字を入れた「裕、善、智、功」を使った賀状で、傑作だったと思っている。

60歳の定年退職後は、在職最後の職場の市史編さん事務局にて公務で出会った、印刷会社の吉田智史氏に賀状印刷を依頼することになった。賀状にはその年の出来事、感想などと新年の抱負を書き込むことにするが、原文と写真数枚を用意して彼と十分な打ち合わせとなる。前年の出来事と新たな年の夢と決意などを文にし、その年の旅の写真などを2、3枚入れ、キャプションをつける。

訪れたベトナムで
東日本大震災のメッセージを書く

写真と言えば、平成24年（2012）元旦の賀状には、前年の3・11東日本大震災後の間もない時にベトナムへ出かけ、観光地のフエで在住日本人の求めに応じ「岩手・宮城・福島の皆さん元気で復興してください」とメッセージを書いた写真を使った。翌年の賀状には、最強の囲碁棋士の井山裕太（国民栄誉賞受賞）の新碁聖誕生の祝賀会で当人とのツーショット記念写真に、中国錦州から来日した学生たちと再会した写真をとり入れたものは忘れられない。賀状の写真に目をやると当時のことが鮮明によみがえる。

専門家の知恵と協力を得て賀状ができるが、あくまでも主体は自分であるとの考えでいる。約2週間後に仕上がった印刷賀状を受け取ると新年を迎える気持ちが高まる。毛筆で宛名書きをして郵便局に持って行き、賀状を出し終わるとホッとしてその年を振り返って年越しとなる。元旦になると逆に自宅に届く賀状には注目して見る。

この中には、かつて金沢美術工芸大学事務局に勤務したころに知り合った、原田、服部の両先生や、美大卒の中学校の恩師・平野先生からの版画によるもの、また親友である志賀紀雄氏の美的センスに優れたものなど、毎年ひきつけられている。また大学の級友数人からは、家族の近況を詳細に載せているものが届く。元気に活躍している様子を知らせてくるのはうれしいものだ。たかが賀状一枚ということなかれ、である。

年末に本人や家族の死去を知らせる欠礼のはがきが届くと、当人を偲びしんみりと寂しい思いに浸る。私は体と手が動く限りこだわって賀状送りを続けたい。

秋の章

1、私の三縁　球縁・碁縁・仏縁

仏教の考えでは、全てのものは他のものとの縁によって起こるといわれるが、我が人生を振り返ってみると不思議と「球縁」、「碁縁」、「仏縁」の三つの縁に結びつくことが多いのに気づく。球縁はボールとの縁で、私の場合、野球とゴルフの二つである。碁縁は囲碁との出会いからの縁で、仏縁は仏との縁と結びつく。縁は「えにし」と読み、巡り合わせ、つながりである。これらの三つの縁をこれまで大切にしてきたのが私の人生でもあるが、少しこれらについて触れておきたい。

球縁の野球は、10代から始め古希まで続けてきたので、球歴は60年余となる。この間、昭和46年（1971）秋の和歌山国体出場をはじめ二度の全国大会が忘れられない思い出である。投手を長くやってきたが、最高のピッチングができたことは数えるくらいで、満足のゆく投球のできなかった方が多かった。

古希野球の大会出場（新潟市）

忘れられないのは、昭和54年と59年の二度の右脚と左脚のアキレス腱断裂だった。手術後のリハビリに取り組み再びプレーができたのは、野球が好きだったからだと思う。長年多くのチームに所属し、チームのメンバーに恵まれ古希まで野球を続けられたことは感謝である。

一方ゴルフであるが、昭和50年ごろにゴルフ道具一式をそろえ、初めてゴルフコースに出たのが能登ＣＣだった。本格的に練習したこともなかったので、グリーン周りで行ったり来たりの悪戦苦闘だった。ゴルフの難しさを知り、その後プレーを続けて面白さと奥の深さを体感してゴルフに熱中していくのだった。

遠征ゴルフのスタート前

ゴルフのプレーには、同伴競技者の仲間４名が必要となるが、ゴルフコースの会員になったことで月例競技などに参加し仲間ができたことと、身近に回れる友が何人もいたことでエンジョイできた。中でも市役所の職場仲間とで結成した80会は、毎年夏に遠征ゴルフの旅を企画し今も続けている。昭和59年（１９８４）からスタートしたから、会は30年の歴史を刻んでいる。小樽ＣＣ、富士桜ＣＣ、軽井沢72北コース、静岡カントリー浜岡コース、裾野ＣＣなどの名門コースでプレーしたが、これらで開催されるゴルフトーナメント競技がテレビ中継されると、各ホールが映し出さ

中国・西安での囲碁対局

れて、懐かしく食い入るように観ることになる。

ゴルフは足腰を鍛えるばかりでなく、記憶力や集中力を高めるなど多くの効果が期待できる。ゴルフメイトと和気あいあいで80歳近くまでぜひともプレーしたいものだ。

碁縁の囲碁は、将棋を小学5年生のころに覚えてから興味を持つようになった。大学在学中に大学近くの碁会所に通い、昭和40年代後半には、市職員有志で囲碁愛好会をつくり、囲碁仲間と練習会を週3回開催し腕を磨いた。その後、県内の7都市職員囲碁大会が各都市持ち回りで開催され、和倉温泉青柏荘や粟津温泉おびし荘などで1泊し、市職員同士で交流囲碁対局を楽しんだ。

石川県庁、北國銀行、金沢市中央卸売市場、金沢市役所の4職場チームの英語の頭文字をとって付けたＰＭＢＣの囲碁同好会ができたのも昭和50年代後半のことだった。ＰＭＢＣのメンバーとの交流囲碁対局も各チーム持ち回りで年1回ほど開いた。温泉の保養施設などを利用して泊りがけで碁を楽しんだ。この会のメンバーが、後に発足する金沢国際囲碁交流協会を誕生させる大きな原動力となった。

仏縁の仏との縁は、中学校の修学旅行で関西方面に出かけ、奈良の東大寺、興福寺、法隆寺や

金沢国際囲碁交流協会
設立 20 周年記念誌

京都の清水寺などを巡ったことが始まりだった。南大門や大仏の大きかったこと、清水の舞台に立ったことが今も脳裏に浮かぶ。その後20歳を過ぎてから機会を見つけて京の一人旅、子どもを連れての家族旅行、春秋の淀競馬場で開催する天皇賞と菊花賞のG1レース観戦のついでにと、随分と京都の寺社に立ち寄った。観光客が訪れるような知られた寺にはほとんど出かけているが、私の特に気に入っている寺を挙げると、大原三千院、天龍寺、高山寺の三つである。それぞれに仏像だったり、庭園や池であったり、四季の境内だったりと私を惹きつけ、癒しと安らぎをくれるのである。

各地の寺巡りの旅に出るようになって朱印帳を持ち歩くことになったが、後々朱印帳を開くと日付が入っているので、参拝した月日と寺のことなどを思い出させてくれ結構なことである。大覚寺の写経と東寺の弘法市の旅に出て、宿坊で精進料理の夕食をいただき1泊し、翌朝住職の説法を聞き真言宗の東寺に向かった際、そこで偶然に四国お遍路用の朱印帳を見つけ買い求めることになった。今それを持ち四国八十八カ所の遍路の半ばまで記帳中である。仏縁は旅と結びつきさまざまな仏教の世界を私にくれている。宗派にこだわらないで、仏縁を得たいと思っている。

3つの縁については、記したい多くのことがあり不思議である。これからも私を育んだご縁を大切にしていきたい。

2、三人の孫との絆

私は、長女の子二人と長男の子一人の三人の孫に恵まれている。三人とも女児で、平成30年（2018）現在、年齢順に小百合（22歳）、さくら（17歳）、絢香（8歳）である。孫は三者三様個性的で、元気に成長している。よく見るとそれぞれ興味と関心が違っているようだ。

孫で思い出すのは、平成22年（2010）秋の西国観音霊場巡りでのことである。琵琶湖に浮かぶ竹生島の三十番札所宝厳寺に向かう長浜港の乗船場で、翌年のNHK大河ドラマ「江」のテレビ放映ポスターを発見した。江は戦国の武将浅井長政と織田信長の妹お市の方との間に生まれた三姉妹の一人で、茶々と初が姉であることは多少知っていたが、1年間のドラマの展開が楽しみで早速書店で原作と脚本を買い求めた。本を読むうちに、時代は違うが三人の孫と三姉妹とが重なっていろいろ思うことがあった。

ドラマは江が主演であったが、サブタイトルに「戦国の姫たち」とついていたので、戦国時代に翻弄されて生きた三姉妹の数奇な運命の展開に注目して、毎週日曜夜8時からのテレビを食い入るように観た。浅井長政、織田信長、豊臣秀吉、柴田勝家、明智光秀、徳川家康などの武将を演じる個性的な男優の登場もあって興味が尽きなかった。中でも、信長が江に伝えた「己の信じる道をゆけ、江。思うておるより時は速い。人生は短いぞ」のメッセージは、江が生涯で大切にした言葉であったが、私もまた孫たちに送りたい言葉でもある。

孫が誕生した病院は、小百合が小松、さくらが青森・三沢、絢香が野々市とそれぞれ違っている。出産後すぐに駆けつけたのは小百合で、野球の試合があった平成7年（1995）7月23日の暑い日だった。彼女は私と長女と同じ7月生まれである。5月1日生まれのさくらは、北陸より遅く開花する青森の桜見物に出かけられないと嘆いた姉が命名したのであった。妻と二人で三沢に訪ねたのは、病院から退院して間もなくであった。絢香が産まれたときは、中国湖南省・張家界に碁友と旅していた折で、3D映画「アバター」のロケ地ともなった観光地から携帯で妻に確認となった。妻の誕生日の10月10日の2日前の8日生まれである。

上野動物園のパンダ舎で絢香と

成長してそれぞれに多くの思い出があるが、三人との忘れられないことを記しておきたい。小百合が山口・防府にいた3歳のころ、家族で食事した料亭「志美津」で料金の支払いにレジ前に来て、店員に「ご馳走さま」と言って頭を下げた。いつも感謝の心を持ち礼儀正しい人であってほしいと願う。さくらは小松に移り住むようになってから、友達と誘い合って小学校に登校するのを忘れたのか、一人で通学するようになった。親から叱られ、「一人で行く」ときっぱりと言ったように、自分の信念をもっているのが頼もしい。絢香は、野々市に移転新築した家へ訪ねて行くと、母と散歩していても私を見つけるとうれしさを全身に表し駆け寄って来る。

兄弟のいなかった私は、いつまでも両親と仲良くし、助け合って家族の絆を深めてほしいとの願いが強い。〝白銀《しろがね》も金《こがね》も玉も何せむに優《まさ》れる宝孫にしかめやも〟である。

3、出会いの不思議

人生を振り返ると出会いの不思議を感じることが多くある。とりわけそれを強く感じている3つを取り上げる。まずは、高岡市のNPO法人高岡鳩の会のこと。日中友好のための日本語弁論大会が思い出深い。

また他には、平成26年（2014）の5月24、25日に開催された国際交流まつりでの、石川・南スーダン友好協会（現石川・アフリカ友好協会）との出会いもまた不思議なことだった。

国際交流まつりは以前アジア交流まつりと呼ばれ、毎年秋に金沢市役所庁舎前で開催されていた。私も平成8年ごろから参加や見学をしてきたが、平成26年は時期を変え、会場はしいのき迎賓館広場となった。初日、会場に向かう途中で知人でもある石田敞治さんと偶然出会い、氏の案内で当協会のテントを訪れることになった。

そこで小山代表から協会の機関誌（広報誌）に掲載する原稿を依頼されることになった。テーマは何でもよいとのことだったが、希望に添えるかどうか思案し、国際交流に関することならよいのではないかと自分なりに理解し、高岡鳩の会のこと、バングラデシュのこと、金沢国際囲碁交流協会のことを取り上げることにした。以後、協会に参加しながら交流を深めている。

ＮＰＯ法人高岡鳩の会

高岡鳩の会の会長は、金沢大学法文学部時代の同級生永原龍峻君で、偶然、８年前の同窓会で鳩の会の取り組みを知ったことから始まる。取り組んでいる一つが、高岡市の友好都市、中国遼寧省錦州市にある渤海大学と遼寧工業大学生の日本語弁論大会である。選抜された各大学10名の学生が与えられたテーマについて自分の思いをスピーチする。富山から参加した我々は、その審査をし、優秀者１大学２名を選考し、計４名の学生を秋に富山へ招待するものである。

私も日中友好交流に深い関心を寄せていたので、会の趣旨に賛同し、２年に一度開催する弁論大会に３回参加してきた。今年で渤海大学が８回目、遼寧工業大学が４回目となっていて両大学とも我々鳩の会の一行を大歓迎してくれる。学生たちも大会にいつも熱い視線を投げかけ傍聴してくれる。優秀者に決定した彼らの感激した面持ちは感動的だった。

鳩の会が取り組んでいる日本語弁論大会は、高岡市の永原会長はじめ日中友好の関係者と錦州市の国際交流の窓口となる外事弁公室の劉長貴副主任らとの多年にわたる人間的信頼関係の上に成り立っているものと実感する。弁論大会終了後、劉さんの案内で中国東北部の各地に視察観光するが、多くの体験と見学の中で忘れられないことが数多くある。一つは、中朝国境の街・丹東市の鴨緑江を中国国旗をなびかせ高速艇で対岸の北朝鮮に近づき、そこで垣間見た貧しい国情に様々なことを思いをめぐらしたことだった。

一方、鳩の会は毎年春に、高岡市内で日本対中国歌合戦を開催している。開催20回を超える特筆すべきものである。高岡文化ホールに集い、日本人が中国語で中国の歌を歌い、富山にいる中国人が日本語で日本の歌を歌って互いを理解し合い、日中友好を深める意義あるイベントだ。私も四度招待されたが、毎回両国の人々の歌と踊りとダンスなどがあって最高の盛り上がりを見せている。

丹東・鴨緑江の名所「一歩跨」で
鳩の会のメンバーと

永原会長とは大学以来の出会いだったが、半世紀のときを経て日中友好交流の絆で結ばれたことは不思議でならない。日中関係がギクシャクする中、鳩をイメージした名称が付けられた会が、平和を願い両国の友好交流が一層深まって、会が充実発展することを願ってやまない。

なお、関連して北陸中日新聞朝刊の発言欄に投稿した記事が後掲してある（秋の章9参照）。

バングラデシュの教育支援

数ある出会いの中でも、バングラディシュ出身のサイヤドとのことは運命を感じずにいられない。書き綴ることが多くあるので、彼との日本でのこと、アメリカでのこと、バングラデシュでのことの三つに分ける。

(1) 日本編

バングラデシュに学校をつくることになったのは、一人の金沢大学工学部大学院生、バングラデシュ出身サイヤドモニールザマン君（サイヤド）との運命的とも言える不思議な出会いからだった。

平成7年（1995）11月下旬、サイヤドが当時私の勤務する元町保健所（現元町福祉健康センター）に健診に訪れた。私が偶然2階の事務室から1階の健診受付に来て、外国人受診者の彼を見て話しかけたことが縁となった。話したことはボランティアについてであった。日本語を上手に使い、ボランティアに非常に関心が深いことを知った。

前年の5月に金沢ボランティア大学校が開校し、私は生涯学習コースを1年間受講し卒業して間もないころだったことも、意気投合を後押しした。数日後、彼のアパートを訪れ新婚まもない妻のルナを交えて、祖国のこと、大学院での研究のこと、日本のことなど時間を忘れて話に花を咲かせた。

30歳を過ぎたサイヤドは、祖国思いの頭脳明晰な男だった。独学で覚えた日本語をうまく使い会話も弾んだ。一方、ルナは日本文化に非常に興味があって、音楽、日本料理などに好奇心旺盛で、社交性と積極性を併せ持つ才女だった。二人は子どもの遊びに関心があったので、市内鞍月児童館の南野さんを通じて、同館の行事の手伝いや児童・生徒の遊び相手をしてもらい、地域の人たちとも慣れ親しんでくれた。時々私をアパートに招きカレーをご馳走してくれたが、いつもカレーの辛さを心配する優しい心遣いに感心した。

サイヤド夫妻が常に心を痛めていたことは、日本と比べてあまりにも祖国が貧しいことだった。人口は日本より多く1億5000万人。面積は日本の約4割で、世界有数の人口過密国。首都ダッカ市内は農村からの出稼ぎ労働者であふれ、車の排気ガスに土ほこりで大気汚染が激しい。三度訪れてその深刻さに驚かされた。

彼は「大学院を卒業したら祖国のために何かしたい」と訴えていた。貧しくても優秀な子どもたちに教育支援することが彼の熱い思いだった。このことを理解するようになった私は、サイヤドが大学院での課題研究の提出、論文作成に必要な実験データの取りまとめ等で徹夜の日が続いて相当へばっていたとき、激励し元気づけ、頑張れば将来必ずいい結果につながるから辛抱するよう諭したこともあった。

妻のルナは多くの友達をつくり、だれからも好意を持たれていた。ボランティア大学校を卒業した仲間を中心にできたＩＶネットワークの人たちと知り合い、音楽を通じて交流を深めて一緒にアジア交流まつり（現国際交流まつり）などに出演していた。

平成８年（１９９６）１月16日、ルナが長男ルドム（日本名キンタロー）を出産。その準備のためにルナの母が成田空港に到着し、サイヤドと二人出迎えに行った。上越新幹線を乗り継いで悪戦苦闘して重い荷物を運んだことを今も思い出すが、異国の地の金沢駅にようやくたどり着き、母と娘の劇的対面となったことも忘れられない。母を見たルナは抱きついて、出迎えの知人らを気にすることなく大声で泣きじゃくっていた。周囲をジーンとさせる感動的場面であった。

南野さんと彼らを案内して出かけた加賀海岸の加佐岬で見た日本海の澄んだ色に驚いていたことや、次に行った山中温泉鶴仙渓でルナ手製の焼きそば、てんぷら、鰤大根の味が外国人がつくった料理とは思えないほどうまかったことなど思い出は数多くあったが、アジア交流まつりのバングラデシュの出店テントでは、ルナは女性のリーダー的存在で大活躍したことも思い出す。カレー料理などを提供して活気があり、私も店の手伝いを買って出た。しかし、平成10年（１９９８）の和歌山カレー事件のときにはカレーを提供することができず、残念なことだった。

　また、彼女は市内の小学校の英語ＡＬＴを勤めていたので、帰国の際、児童からもらった感謝の寄せ書きを見せてもらうと、皆楽しい授業だったことがうかがえて、彼女が子ども好きであることが分かった。

　異国の地（金沢）で、祖国での学校建設の夢を語り合い、苦労した7年間で念願の大学院博士号を取得した証をだれよりも早く私に見せてくれた。我がことのようにうれしかった。そのお祝いにと彼の希望する日本の観光地へ招待することにした。行き先は広島と京都だった。

　サイヤド一家三人は金沢駅から雷鳥8号に乗り、私と妻は小松駅から合流。新大阪で山陽新幹線に乗り継ぐことにした。しかし、特急電車の乗車に慣れないサイヤドは雷鳥の車内にビデオカメラを置き忘れた。幸いに新大阪で保管されていると知らされ、安堵し旅を続け、帰りに私が取りに行ってきた。

　広島では、まず原爆慰霊碑を訪れ、再び悲劇が起こらないよう皆で平和を祈った。原爆ドーム、乙女の像を見て、平和記念資料館を見学した。夕食は広島名物カキのお好み焼きを味食街で食べた。彼らは何もかも珍しそうに食べていた。翌日は厳島神社へ出かけ、宮島水族館などを見て境内を歩いた。4歳のルドムはきつそうであったが、最後まで頑張ってくれた。京都では、清水寺、天龍寺、金閣寺、嵯峨野、嵐山・渡月橋、鈴虫寺など個人タクシーを利用して時

ダッカ空港での歓迎の垂れ幕

間の許す限り観て回った。

いよいよ金沢を離れ帰国する平成12年（2000）4月19日夜、夜行寝台特急「北陸」に乗車することを知った知人、友人多数が見送りのため金沢駅に駆けつけてくれた。IVネットワークの人たちの「ありがとうルナさん」と書かれた手づくり垂れ幕には、ルナの長い金沢での交流の感謝が込められていた。発車時刻が迫ってくると、ルナは金沢の多くの思い出で去りがたく、感極まり涙がこみ上げ止まらない様子。情熱的であるのと人懐っこい面を併せ持っていた。翌日、希望する東京ディズニーランドに案内した。日本の最後の1日を四人で楽しみ、浅草のホテルに宿泊。その晩サイヤドと二人して駒形のどじょう料理を食べに出た。日本のこと、大学でのこと、これからのことなどを話すにはあまりにも時間は少なかった。

次の日、5年間溜まった大切な品を詰め込んだ荷物を三人で手分けして持ち、成田空港へ向かった。二人はビマンバングラデシュ航空の搭乗手続きに忙しく、私がルドムを見守ることにした。4歳の子どもでも日本を去ることの寂しさを何となく感じてか、ルドムは私の手を握り締めていた。その手の温もりが今も忘れられない。

（2）アメリカ編

平成15年（2003）1月初旬、アメリカ・フィラデルフィアのテンプル大学教官になっていたサイヤドから、長女が誕生したのでぜひアメリカに来ないかとの伝言が届いた。

3月末で60歳の定年を控えて何かと忙しいときだったが、この機会を逃してはアメリカに行けないとの思いもあって一人旅立つことにした。それまで30回近い海外渡航をしていたが、ほとんど団体参加の旅だった。平成12年夏、サイヤド一家が住むバングラデシュ首都ダッカを初めて訪れて以来の一人での出発。

1月9日、関西空港を飛び立ち、デトロイトで駆け足で乗り継ぎ、フィラデルフィア空港に無事到着。旅のトラブルを解消するため海外用電子辞書を持参したが、その心配は不要だった。出迎えに来てくれたサイヤドと7歳になった息子ルドムの顔を久しぶりに見て、異国での再会を喜び安堵した。

大学が彼らに用意してあった官舎に着くと、二人目を出産して間もないルナが歓迎してくれた。官舎の各部屋は広いスペースが確保されていて、滞在中ゆったりとくつろぐことができた。次に出かけたニューヨークと、ステイしたフィラデルフィアの様子を書き綴ることにする。

ニューヨーク

滞在中、どうしても見ておきたいニューヨークにサイヤドと二人で、バスで約3時間かけて向かった。それは2年前の9月11日に起きたニューヨーク同時多発テロの現場とヤンキースタジアムだった。松井秀喜選手が読売巨人軍から大リーグニューヨークヤンキース入りして間もないときで、彼がプレーする姿を見てみたいとの強い思いからだった。

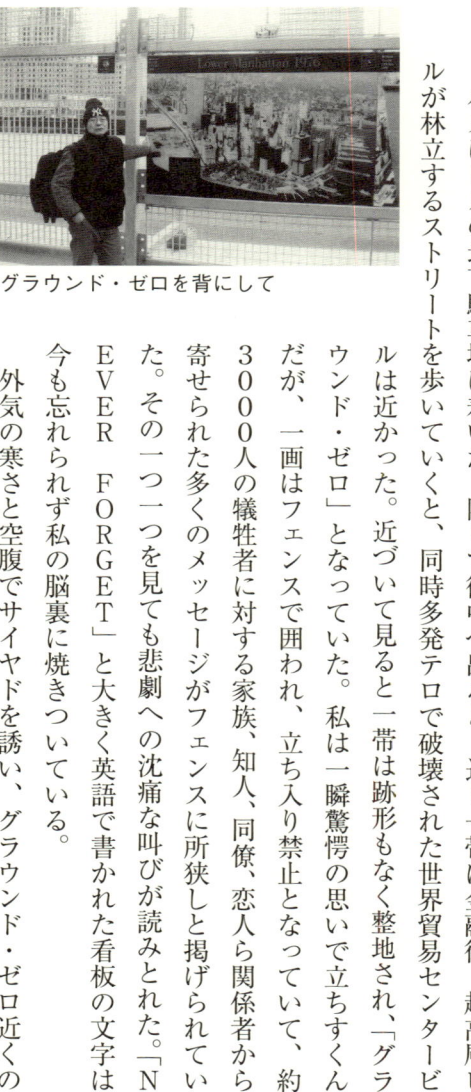

バスはビルの地下駐車場に着いた。降りて街中へ出ると、辺り一帯は金融街。超高層ビルが林立するストリートを歩いていくと、同時多発テロで破壊された世界貿易センタービルは近かった。近づいて見ると一帯は跡形もなく整地され、「グラウンド・ゼロ」となっていた。私は一瞬驚愕の思いで立ちすくんだが、一画はフェンスで囲われ、立ち入り禁止となっていて、約3000人の犠牲者に対する家族、知人、同僚、恋人ら関係者から寄せられた多くのメッセージがフェンスに所狭しと掲げられていた。その一つ一つを見ても悲劇への沈痛な叫びが読みとれた。「NEVER　FORGET」と大きく英語で書かれた看板の文字は、今も忘れられず私の脳裏に焼きついている。

グラウンド・ゼロを背にして

外気の寒さと空腹でサイヤドを誘い、グラウンド・ゼロ近くのハンバーガーショップへ駆け込んだ。そこで歴史的大惨事のテロの現場を訪れる人たちを見やり、物思いにふけりながら口に入れたハンバーガーは、大き過ぎておいしくなかったことを今も思い出す。

街を歩いて向かったフェリーの乗り場は遠くなかった。対岸までの往復の船上から遠くに西日を受けた自由の女神像を眺めていると、異国にやって来た感慨に一人浸ると同時に、この像がテロをどう見ていたのかと思いをめぐらした。

フィラデルフィア

ペンシルベニア州の大都市フィラデルフィアは、アメリカ独立建国の地で、港町で住みよい歴史的文教都市という印象だった。サイヤドの案内で建国のメモリアル館、博物館、市場、大型スーパー、レストラン、公園などの他にルドムの小学校へも足を運んだ。ここで建国のシンボル・自由の鐘を訪れ、見学したことは忘れられない。ニューヨークのテロ事件後の不安がまだ残る中、独立の国の象徴である自由の鐘が万一破壊されることになるとアメリカの威信が失われることとなる。そのため施設全体に厳戒態勢が敷かれ、入るのに厳しいチェックを受けたが、運よく自由の鐘を身近に拝見できたことは、歴史的幸運だと思った。

ルドムの小学校を訪問し、先生らの親切な説明案内で授業参観できたことも貴重な体験だった。この日はルドムの満7歳の誕生日で、バースデーケーキを学校からプレゼントされ、20数名のクラスメイトから祝福を受け、私もケーキ一切れをいただくことになった。ルドムは初めての体験で恐縮し、照れていたようだった。教室の児童は、アジア系や黒人、白人と肌の色は違ってさまざまだったが、皆和気藹々としていた。人種のるつぼのアメリカという印象を強くした。

誕生日だったルドムの教室風景

アメリカでの貴重な2都市の訪問は平成15年（２００３）のことだが、最近起こった平成27年（２０１５）11月13日パリの同時多発テロの発生は、改めてニューヨーク同時多発テロのことを思い起こさせた。今でもテロで亡くなった人たちへの冥福を祈っている。そしてバングラデシュの教育支援に取り組んで訪米したことも心に残っている。

（3）バングラデシュ編

サイヤドが祖国・バングラデシュに帰った後、私は三度首都ダッカを訪れた。平成12年

（2000）、16年、20年であったが、不思議なことに皆4年ごとのオリンピックの年でもあった。

関西空港発のシンガポール航空機で飛び立ち、シンガポールチャンギ空港で乗り継ぎ、ダッカ空港に夜の23時に着いた。時差が3時間だったので、日本時間では翌午前2時とのことだった。到着するとサイヤド、ルナ、家族関係者が出迎えてくれ、長男ルドムは「たぐちお父さん」と日本語で呼んで手をつかんで離さなかった。

その日はダッカ中心街にあるルナの実家に泊まった。私は個室をあてがわれ、滞在中はずっとそこを利用した。

ホームステイしたルナの実家の朝食時間

翌日から市内見学にルナの父が同行して出かけた。詩人タゴールの墓、ダッカ最大のモスク、市内の大学、パキスタンとの独立戦争の犠牲者慰霊碑などであった。

リキシャ、ミニタクシー、自動車、バスが所狭しと走り、ものすごい排気ガスとクラクションの音だった。市内には無数の川が流れ、交通手段に船が使われ、川の水は土色で大小無数の船が往き来し、遠くに日本の援助を受けて架けられた大きな橋があった。船着場近くでは穀物保管倉庫が軒を並べ、車の修理工場も多く見かけた。この国では、故障しても修理して徹底して乗るという車

ルナの家族と

のリサイクルを行っていた。

食事は皆でテーブルを囲み、カレー料理を食べた。朝、昼、晩の3食は、魚、野菜、鶏、牛のカレーで、イスラム教徒が多数派の国らしく豚は出なかった。スプーンは用意されていたが、私は郷に入れば郷に従えとカレーを右手でライスと混ぜて食べた。食事の会話時にはサイヤドとルナが日本語で通訳してくれ、私は時々英語を使うこともあった。

次の日、借り上げしたマイクロバスでダッカ郊外の田舎へ出かけた。まず国立慰霊塔に立ち寄り献花した。周辺一帯は木々が植えられ、芝生は緑のじゅうたんのようだった。池や川も見事に配置され、珍しい熱帯植物の花が咲いた景観も素晴らしく、英霊を祀るにふさわしいものだった。

次いで親戚の別荘を訪れた。舟で川を渡ると、そこは乳牛、家鴨、鶏などが飼われ、それらを守る番犬が3匹飼われていた。のどかな田園が広がる別荘に来て、ふと子どものころの自宅周辺の風景を思い起こした。

ルドムと舟遊びに興じているといつの間にか空が曇り、突然スコールがやってきた。別荘に逃げ込み、すごい雨が止むのを待っていると遠くに虹が出ていた。しばしここで独り寝転んでいると、遠く日本を離れ楽園の別天地に招かれた自分を不思議に思った。

バングラデシュの人たちは、親子、兄弟、親戚など血のつながりを大事にすることを滞在中に知った。近年、日本では心、絆、信頼などがすっかり忘れ去られたと思うから、余計に印象として残ったのだろう。

ルナの実家近くに建国の父・初代大統領ムジブル・ラーマンの家が資料館として保存されていたので、サイヤドに案内してもらい拝観することにした。1971年に西パキスタンから独立を勝ちとった彼は、ベンガルの人を愛し自国民を信じ、護衛を配備しなかったため、暗殺されたのだった。残された一人娘は当時の大統領。館内には日本から贈られた姫だるまや日本人形などが展示されていたが、それらが建国の父の死を哀れむように見えた。

二度目は、ルナの下の妹・ションパの結婚式に招待されて出かけた。サイヤドはアメリカ・フィラデルフィアの大学の授業で出席できず、ルナが姉としての大役を果たすため帰国していた。

ダッカに到着した夜、結婚前夜の祝宴が親戚知人らを招き、家の屋上で設けられていた。私を紹介してから歓迎の意味で突然舞台に引き出され、インディアンダンス（インドの踊り）を踊らされた。見よう見まねで振り付け踊ったのが、来ている人からやんやの拍手をもらった。

銀行マンのルナの父は、結婚式の食材の買い出しに私を連れ出し市場を案内してくれた。豊富な野菜などが山のように並び、働く人たちは裸同然の格好で日本から来た私を珍しそうに見ていた。私はといえば、肌の違いなどを全く気にしないようになっていた。

三度目は、タイ・バンコク経由でダッカに到着。ルナの3番目の妹の結婚式に招かれての訪問だった。式は4年前と同様に行われたが、顔見知りとなった親戚、関係者から快く歓迎してもらった。親戚の子どもたちは日本から来た私が珍しいのか、さかんに英語で話しかけてきた。サイヤドの長男ルドム、長女エミーも大きくなっていて、ルナの妹・ションパに3歳になる女児が誕生していた。

式当日に出されるカレー料理の仕込みは大変なようで、前日から家の前でその準備をしていた。カレー用の材料を買い出しに、ルナの父と前回同様、市場に出かけた。ちょうどイスラムのお祈りの時間と重なって、市場の一画のビルへ列をなして入る、白い服を着た男性の姿を偶然目にした。

式場は前回と同じ公共のホールのような場所であったが、そこでルナの父とサイヤドは来賓の方々に私を紹介するため、式場入り口に立つようにと配慮してくれた。

ダッカの中心地には近代的ビルが見られたが、いったん中心地を離れると古いビルが建ち並んでいた。さらに郊外へ行けば、まだ日本の戦前、戦後間もないころと同じ風景があって、ざっと見て我が国と比べて50年以上の遅れを感じさせるものだった。買い物に立ち寄ったビルの中は商店が軒を並べていたが、そこで雇われている子どもたちは教育を受けているのかどうか、貧しい田舎から稼ぎに来ているのか、この国の貧困を見る思いにさせられた。

この滞在中、サイヤドと交わした多年の約束である学校設立を中心地に求め、6階建てビルを寄付することができた。学校の運営がうまくいくようにと、イスラムの宣教師がお祈りするのを近所の子どもたちに囲まれた中で聞いていると、出会いから12年、バングラデシュの教育支援という夢が実現するまでのさまざまなことを思い起こした。

金沢国際囲碁交流協会

囲碁を通してもたくさんの良い出会いをすることができた。特に多年役員メンバーとして名を連ねた金沢国際囲碁交流協会のことは、ぜひ書き留めておきたい。中国やベルギー、韓国、台湾、ベトナムなど、囲碁を通して国際交流を行うことができた。


金沢で2順目となった第5回日韓中姉妹都市親善囲碁交流大会は、平成28年（2016）11月4日から7日までの4日間、金沢城河北門とKKRホテル金沢を会場に対局が開催された。

対局参加チームは、中国蘇州市、韓国全州市、日本の金沢市に大阪・池田市（蘇州市との姉妹都市）の4チーム（1チーム9名編成）だった。この交流大会は、平成22年（2010）に蘇州市で第1回がスタートし、以後、各国持ち回りで開催してきた経緯がある。

今大会を主催したのが、金沢国際囲碁交流協会（会員数140名）であって、この取り組みに実行委員会を設け、私も一員に加わり春から準備、打ち合わせを重ねてきた。大会は団体戦を2日間にわたり3回戦を行い、勝負を競うと同時に親善友好を深めるとともに対局後の市内観光や懇親の宴席も満足してもらうことになっていた。成功裡に大会が終了し、小松空港と富山空港から両国の選手団が無事帰国したときはホッと胸をなで下ろした。次回開催は2年後の平成30年（2018）、韓国全州市と決定した。

囲碁を通じて国際交流を深め、民間交流を重ねている金沢国際囲碁交流協会のケースは、全国的にも珍しいもので、協会に縁あって関わっている一人として、会のことに触れなければと書き綴ることにした。

「私の中国三都物語　上海・杭州・蘇州囲碁交流の旅」

協会が設立したのは平成6年（1994）8月であったが、前年に石坂修一県議を団長に参加者13名に私も加わり、上海、杭州、蘇州の囲碁交流の旅に出かけたことがきっかけだった。対局会場となったのは杭州市と蘇州市であったが、中国との対戦相手には完敗した。しかし、対局後に蘇州市の外事弁公室職員のガイドで観た上海の豫園、外灘、杭州の西湖、霊隠寺、蘇州の寒山寺、網師園などに一同すっかり魅せられた。このことから囲碁好きたちが、海外囲碁交流を続けようとの思いが募ったのであった。

囲碁は中国で生まれ、日本に伝わったもので、別名「手談」と呼ばれ、言葉が通じない対局者同士でも囲碁のルールさえ知っていれば、だれもが楽しめる最高のゲームである。このため異国の人と心を通わせ、親しくなれる共通の手段でもある。

発足以来24年となる金沢国際囲碁交流協会は、囲碁を通じて世界各地に旅し、交流を重ねてきた。記録によれば中国、韓国、台湾、ベトナム、シンガポール、ハワイ、ベルギー、オーストリアなどのほか、国内では沖縄（石垣島、浦添市）、宮城県名取市だった。私の参加した旅行地でのことは、今も鮮明に多くのことを思い出す。そのいくつかの印象に残ることを取り上げてみる。

（1）中国

初めての中国の旅で上海空港に降り、迎えのバスで上海市内の夜の街に来ると、無灯の自転車、荷車が走っていた。24年前のことであったが、今日の高層化したビル群が建つ、発展した上海から考えられないものだった。囲碁のほか日中友好でも中国各地を旅して22回となる私は、高速道路の整備、高鉄（新幹線）建設などからも経済発展著しい中国の姿を各地で目にしてきた。

中国の各地に出かけた旅のことは、機会があればお話ししたいと思っている。

（２）ベルギー

ベルギーは、ドイツ、フランス、オランダに囲まれたヨーロッパの十字路となる小国である。この国のゲント市は金沢市の姉妹都市であることから、平成８年（１９９６）10月に囲碁親善訪問した。

モスクワを経由して首都ブリュッセル空港に到着。昼食をとって午後ゲント市に移動し、古城前のホテルに着いてチェックイン。その夜ホテルの３階の部屋から窓外を観て驚いたものだ。夜の街はライトアップで浮かび上がるように見え、メルヘンチックなおとぎの世界に誘われたような思いにさせられた。

翌日、市庁舎を公式訪問し、閲見の間に案内された。そこは厳粛で荘厳なホールで、皆緊張して訪問の署名を漢字で記帳した。対局は、ゲント大学のエントランスホールで行われた。ゲントでの対局相手は皆若い大学生たちで、選手不足をブリュッセルなどから補強していたようであった。棋力はこれからのような感じであったが、囲碁を「東洋の神秘的ゲーム」だと言って関心を寄せていたことが印象に残る。

対局後のベルギー観光は、古城巡り、北のヴェニスと呼ばれるブリュージュの運河観光、ナポレオンゆかりのワーテルロー古戦場、ノートルダム大聖堂などの教会、世界一のグランプラス広場に有名な小便小僧やフランダースの犬の像と見どころ満載だった。

帰国後、旅の思い出を綴った紀行文を「ベルギーは思い出ばかり」とのタイトルで冊子にしたことを記憶するが、この旅でベルギーの国境からオランダに橋を越えて入国した際、両国を自由に往き来できる（国境がボーダーレス）ことを知ったのも忘れられない体験だった。

「ベルギーは思い出ばかり」

（3）韓国

韓国ではソウルのロッテホテル、姉妹都市の全州に釜山と会場3カ所で対局した。3対局中の、女性との対戦が2回あったが、女性は本来力戦派が多いことを知っていたので用心して臨んだ。また、韓国では日本人が相手だと余計に負けないように頑張るのも実感した。

ロッテホテルでの一戦がそれであって、私の碁史に残るすごい戦いが延々と繰り広げられた。一手違いで私が勝利することになったが、チマチョゴリを着た相手の女性の悔しがった姿を今も思い出す。

対局後の観光でソウルを離れて田舎へ行くと、懐かしい田園風景や民家に出会うことができた。そこのレストランで出た家庭料理も、骨付きカルビと同じくらいに美味だった。

（4）台湾

島国の台湾は親日的な国で、気候も温暖だった。南部に位置する高雄までバスで移動したが、途中の台中、台南の観光も建物などに中国的雰囲気を漂わせていた。

三度訪れた台湾での対局は台北市内で行われ、対戦相手も年配の人が多かった。台北市内にある名刹龍山寺は、日本の浅草のようで参拝者でにぎわい、お香が境内の隅々までたちこめていた。郊外にも魅力的な観光地が多くあって出かけ、夜市などの屋台にはうまい台湾料理がたくさん出ていた。また行きたいものだ。

（5）ベトナム

ベトナム行きは、平成23年（2011）3月11日の東日本大震災の1週間後で旅を躊躇したが、予定通りソウル・インチョン空港を経由してハノイへ出発した。

ハロー湾の水上観光、ベトナム戦争資料館見学などを楽しんで空路ベトナム中部の都市デュナンとフエを訪れた。フエは昔日本と貿易交流があったところで、日本人が造った橋が架かるなど日本の面影が随所に残る名所だった。

そこでも大震災後、間もないときで日本人観光客はほとんど見られず、ふと近くの土産店に目をやると、現地在住の日本人女性たちが、訪れる観光客相手に「東日本の復興を願うメッセージ」を大きな白布に書いてもらうように呼びかけていた。

私は近づいて行き、「岩手、宮城、福島の皆さん元気で復興して下さい」とメッセージを書き込み、想定外の地震と津波と被爆から、一日も早く立ち直ることを願った。

囲碁対局は、日本人ボランティアによる現地囲碁指導を受けている生徒たちが相手だった。ベトナム戦争の影響なのか、この国は若い世代が多く、各地に若者がバイクで走る姿がやけに目についた。

私は10代のころに将棋に興味を持ち、20代で囲碁教室に通って半世紀余、囲碁とのご縁（碁縁）を持ち、国際囲碁交流にまで結びついた。不思議と言わざるを得ないが、今後とも金沢国際囲碁交流の旅を続け、囲碁を通じてささやかでも国際平和に貢献できればと思っている。

なお、当協会はうれしいことに、平成22年（２０１０）1月に石川県国際交流・協力功労者賞の知事表彰を受けており、今後とも一層活躍を期すところである。

4、中国見てある記

船員歴45年余の父に「外国に行くならどこが素晴らしいのか」と尋ねたことがある。「中国が一番いい」との返事だった。その言葉をずっと心にとどめ、機会があればいつかは中国に出かけたいとの想いをいだいていた。昭和46年（1971）になって、訪中を希望する者に応募試験があって受験した。一次の論文に合格し、二次の面接のため東京へ出かけて行ったが、結果は不合格だった苦い記憶がある。昭和47年（1972）の日中国交正常化する前年のことで、公務員にはまだ渡航が認められない40年以上前のことになる。

ようやく中国を訪れることになるのは、平成5年（1993）の秋だった。石川県日中友好協会理事長で金沢国際囲碁交流協会会長の県議石坂修一氏を団長に、杭州、上海、蘇州の囲碁交流の旅であった。

75年の人生で、旅の機会に恵まれ、国内全都道府県に1度は訪れ、海外の旅も40回を超えている。特に中国には約5割の22回で、ますますこの国への関心が高まっている。思い起こせば、北のハルビン、南の雲南省の昆明や麗江、西の敦煌、観光地の桂林、九寨溝・黄龍、内モンゴルのフフホト、張家界など日本人観光客が一度は出かけてみたいと思う場所に碁友らと行って、多くのことを見聞した。

行ってみたかった中国、好奇心と関心を抱かせる中国、もっと知りたい中国には、何度となく訪れなければならない。「百聞一見に如かず、見ることは信ずること」だと言うが、近年発展し激しく変化する中国に目が離せない。中国を知らずして日本の将来はと、ふと考えるのである。

それぞれの地の思い出　その1

中国は日本の面積の26倍で、14億の人口に56の民族国家。中国の旅をどれだけ続けても「盲人が巨象を撫でるが如く」である。しかし、この機会に自分で見て確かめた中国のことを紹介したい。

(1) 朝の街中散歩

24年前、初めて中国を訪れ、宿泊した杭州の西湖湖畔でのことだった。翌朝散策に出て見た、東の峰から顔を出した朝日で輝く湖面の光景。それは私を魅了した水墨画の世界だった。そのことがあってその後の中国の旅では、宿泊ホテルを早起きして街中へ飛び出すことにした。同宿の仲間を誘うこともあるが、自分一人のことも少なくなかった。

街に出ると新たな発見があって、「朝起き三文の得（徳）」だと思っている。中国人の日常、街の様子、様々なことをウォッチできる。主なところは次の点である。

大連労働公園の市場風景

・近くの市場へ出かけ、店頭に並ぶ果物、野菜、魚、肉、雑貨品などを見て回り、時には交渉して買ってみる。10元用意すれば十分楽しめる。
・路上で営む移動式（荷車使用）簡易食堂（屋台）の食事メニューと食事風景に関心を寄せ、立ち寄る通勤者や通学児童生徒たちの様子を拝見する。
・近くの公園、河川敷の広場に足を運び、太極拳、朝の健康づくりなどを見学する。その途中、犬を連れて散歩する中高齢の人たちが意外と目につく。
・ビル群の谷間にある古いアパートの住人の生活の様子（窓に干した衣類、所有する自転車、庭に植えられた草花）に関心をもつ。
・前夜街を汚し、散乱したごみなどを収集する清掃作業員の表情、作業風景に立ち止まって注目する。

朝の太極拳風景（蘇州市）

これらのほか関心を抱くことも多くある。私は日本人観光客と思われないようにしている。

（2）丹東　中朝国境の鴨緑江

遼寧省瀋陽をバスで出発し、露天掘り炭鉱で有名な撫順、鍾乳洞の本鶏に立ち寄り、中朝国境の街丹東に着いた。夕闇となった街はネオンで輝き、ホテルの眼前にある川幅約1キロの鴨緑江は、中朝両国を挟み流れていたが、暗闇で全体を定かにつかめなかった。

翌朝、朝日が昇る直前に岸辺に来ると、群れをなした水鳥が水辺でスイスイ泳いでいた。ここは北朝鮮から中国に逃れる脱北者が河を渡る所だったが、鳥のように簡単に両岸を往き来できない北朝鮮の人たちの現実を思って水面を眺めた。中国東北部には多くの朝鮮族の人々が住んでいることを思った。

目の前の鴨緑江に架かる二つの橋は、朝鮮戦争で途中が寸断された橋ともう一つが許可を得て自由に通行できる橋だった。食後に両橋を見学したが、歴史的現実に驚くばかり。河に並行してコンクリート舗装の遊歩道を進むと、広場の一角に公園があった。立ち止まって見てみると、毛沢東主席が揮毫した「抗美援朝」と刻まれた石碑があった。美は美国（アメリカ）、朝は北朝鮮で、抗は抵抗で援は支援することだと理解できた。この言葉こそ中朝関係を知る重要なキーワードだった。

河の上流に向かうと北朝鮮の対岸を見学できる高速艇の乗り場があった。中国国旗をたなびかせ乗船し対岸に近づくと、銃を構えた若い北朝鮮の監視兵がいて緊張した。彼らは我々のささやかな土産（チョコレートなど）を期待し立っていた。快適に高速艇を走らすと川面の春風は心地良かったが、北朝鮮の田園風景は草地ばかりが目立っていた。

中朝国境の鴨緑江で

（3）敦煌　パスポートの置き忘れ

西安を起点にしてシルクロードの西へ向かう途中に甘粛省敦煌がある。ここの莫高窟は、中国三大石窟の一つで、鳴沙山、月牙泉の観光地とともに有名である。

莫高窟のシンボルとも言える35ｍの第96窟の九層楼前で、記念の団体写真を撮って各洞窟に案内され貴重な仏像、仏画を拝観。見学が終わってできた写真を眺めながら駐車場に向かった。

パスポート紛失した敦煌・莫高窟

途中、パスポートを入れた手提げ袋を置き忘れたことに気づき、急ぎ取りに戻った。幸い旅行仲間の一人が持ってきてくれたので、安堵することとなった。

万一、洞窟内のどこかで落したなら大変で、簡単に帰国できなかったであろう。その後パスポート入れの付いたチョッキを購入。下着の上に着込んで、海外の旅に出かけている。約15年前の忘れられない恥ずかしい敦煌の旅でのことだった。

パスポートは空港で必要なほか、ホテルの宿泊、高鉄（高速鉄道＝新幹線）の利用等に提出が求められるので、紛失しないように各自で自己管理しておきたい。

（4）長春　偽満皇宮博物館

中国東北部の吉林省長春は、かつて（1932年）我が国が満州国（中国では偽満州国）として統治していたころ、新京と呼ばれていた。満州国のラストエンペラー溥儀が執務していた部屋などが拝見できる偽満皇宮博物館は街の中心地にあった。入館して資料の展示物などに目を移すと、我が国の戦前の歴史を学ぶことができた。満州国に偽が冠してあることを不思議に思ったが、中国に来て中国人の立場で考えてみると偽が付くことを納得できた。長春の街を見て回ると、日本の建物と似通ったものが随所にあった。坂の道、街並みなどにも日本的イメージを感じとれ、親近感をいだいた。そのときはアカシヤの花が咲き、香りが街中に漂い、落ち着きのある街との印象で、機会があればまた再訪したい都市だった。長春市は杜の都仙台市と姉妹都市提携を結んでいる。交流を続けているのは、街に森が多い共通点があるからだと思う。

パーティー会場の人民大会堂で

（5）北京　人民大会堂に入る

この年（平成22年）、日中友好協会創立60周年記念を祝うため北京に招かれた。毛沢東の大きな写真が掲げられた天安門と天安門広場を見て、近接する人民大会堂に入った。

日中友好の両国関係者による歓迎レセプションが大会堂内で開催されるため、我々は入り口で一人ひとり手荷物検査と身体チェックを受けて入場した。日本各地からの参加者は、何百人いただろうか、宴席テーブルに着いた正確な人数はつかめなかった。めったにない式典だったので、誰彼も宴会場の各テーブルで記念写真撮影に忙しかった。

この人民大会堂のどこかで、中国の重要な政策を決定する人民代が開催される部屋があることは知っていた。それはどこにあるのだろうか、大会堂が日本の国会議事堂のようなものかなどと想像をめぐらし、テーブルに出された料理を食した。

中国人でもめったに入場できない特別な建物に入れた、日中友好協会の記念すべきこの年は、日中間が割合良好な関係にあった年だった。また、帰路上海に立ち寄り、開催されていた上海博覧会を見学できたことも幸運だった。

(6) 山西省　竹林寺と五台山

山西省太源の平遥古城を見学し一泊後、翌朝、バスは途中2箇所の観光地を巡り、日が西に傾くころ竹林寺に到着した。

この年(平成26年)の春、四国高知のお遍路に出かけ、31番札所竹林寺を訪れていて、2カ月後に中国の同名の寺(本尊文殊菩薩)に参拝できた奇遇を不思議に思った。坂道を上っていくと、広い境内に10メートル近い釈迦涅槃像が我々一行を歓迎してくれた。長旅の疲れで、私だけ横たわった仏像の前で座禅ポーズをとり記念写真におさまった。

夕食は五台山の麓にあるレストランでとった。料理は精進料理のフルコースで、珍しい豆腐が美味かった。その夜はレストラン近くのホテルで宿泊。

翌朝、ホテル前から循環バスを利用し、山頂行きのロープウェイ乗り場へ向かった。バスの中は、3人の尼僧らの寺院関係者のほか我々のような観光客が乗って満席状態だった。ロープウェイの山頂に近づくと五台山の全容がだんだんはっきりしてきた。終点の眺望台で一人雄大な眺めを楽しんだが、五台山一帯は、日本の吉野、高野、熊野の三山を包含したような山岳地のイメージを抱き、中国仏教の代表的聖地との印象を強くした。

多くの寺院を拝観し、下山路を下っていると一人の修行僧に出会った。経を唱えて五体投地をしながら坂を上って来たので、思わず財布から些少の中国紙幣を取り出しお布施した。

五台山を背景に記念撮影

（7）武陵源　3D映画「アバター」のロケ地
湖南省にある武陵源は、奇岩奇峰が連続する中国の代表的世界自然遺産。ここの一大山岳パノラマを見学に、平成21年（2009）と25年（2013）の2度訪れた。

エレベータ、ゴンドラ、ロープウェイなどを利用し、山頂の遊歩道に来ると、隆起した岩峰の珍しい姿が見える。山々を眺望する歩道はよく整備され、訪れた観光客は列をなし誰もが感嘆の声を発していた。しかし、遊歩道に設けた柵の横は千尋の谷で、近づいても谷底は覗けない。皆、恐怖心一杯で大自然を眺望するのだった。

2度目に訪れた時は、ここが映画史上空前のヒット作3D映画「アバター」のロケ地となったので、評判の人気観光地となっていた。中国だけでなく海外からの観光客も押し寄せ、遊歩道はどこもすごい込みようだった。近年、中国人が豊かになったのか、有名観光地（九寨溝、黄龍など）には団体、家族など多くの人が押しかけるようになった。そのためか国は観光と環境に力を入れていることが伺えた。

武陵源に近い張家界も奇岩奇峰の見所で、見逃せない。ゴンドラで頂上を目指す途中の観光地・天門山の「天門聖境」にも2度訪れた。初めの時は、ガスが一面に立ち込めて山々の眺望はきかなかったが、幸い2度目は晴天で視界は申し分なかった。

天門山への登り口から999段の石段となって、登り詰めると自然がつくった大風穴があった。そこから向こうの空が見え、飛行機のアクロバット飛行で通り抜けられる。私は登り口に立ち、階段を登る人々を下から見上げることにした。そこではラマ教の経典を奏でる音楽が流れ、岩を伝って落ちる清水も見られて清澄な山岳気分を満喫した。ふと石段の登り口の側に目を向けると、「天門聖境」と刻まれた石碑が立ち、まさにここにふさわしいものだと思った。

（8）瀋陽　PM2・5

3年前に訪れた瀋陽の宿泊ホテルの18階から下の道路を見ていると、片側4車線の道路は車が延々と続き渋滞状態だった。

部屋から下の街中を眺めていると、ホテルの正面に総合病院があって、次々と患者たちが出入りしていた。中国の医療施設を見てみたいと1階ロビーに降り、横断歩道を渡った。病院の様子などを一通り見学後、ホテルに引き返す際に信号待ちとなった。3分間ぐらいだったが、停車中の車の排気ガスが充満し呼吸が苦しくなった。ぜんそくの持病がある私は、駆け込むようにしてホテルに戻ったが、自動車の排気ガスによる微粒子のPM2・5の影響で体調不良になったようだ。部屋に帰ってベッドで休息をとっているとだんだん呼吸が整ってきた。体験してみないと分からないPM2・5の恐怖だった。路上でマスクを装着した人を多く見かけたが、男性より女性の方が断然多かった。

黄砂で黄色くなった空を北京などで何度か見かけたが、日本に飛来する黄砂、PM2・5は、工場の石炭のばい煙、自動車の排気ガスなどが主な原因だと思った。中国人の健康被害を思えばもっと空気の環境対策、水の汚染対策に力を入れてほしいものだ。

（9）北京　万里の長城の囲碁対局

世界最大の建築物と称される万里の長城は、中国の世界遺産の中でも群を抜いて光彩を放つものである。総延長は2119万6180メートルで、城壁として形を留めるのは全体の約3割。北方異民族の進入を防ぐため、約2500年間増改築してきた。中国の歴史を伝える万里の長城は、必見の観光地だ。中国から日本に伝わった囲碁が好きな私は、いつかここで囲碁を打ってみたいと思ってきた。碁友と北京に来た今回ようやく念願がかなった。

北京郊外にある慕田峪長城だった。ゴンドラを使い長城の入り口に着き、目にした遠くの山々まで延々と続く長城には度肝を抜かれた。凹凸の石畳の歩道は幅約5メートルで、訪れた観光客は雲一つない秋晴れの下散策を楽しんでいた。早速持参してきたゴムマットの碁盤を取り出し、碁友との記念の一戦となった。対局横を通る人たちは、珍しい光景だと時々覗き込んできたが、我々2人は意に介せず碁を楽しんだ。着手の小考時間にスケールの大きな長城風景を目にしたことは、またとない至福の時だった。

万里の長城の囲碁対局

⑽　内モンゴル自治区・フフホト　大草原を馬で駆ける

宇宙流で知られ、中国囲碁界で人気があるプロ棋士武宮正樹9段と成田からご一緒し、北京空港で全国から参加した仲間と合流し、内モンゴル自治区の省都フフホトに着いた。

予定の公開囲碁対局などを済ませて後は観光だけとなり、郊外へ出かけることになった。バスが目的地に近づくと、モンゴル馬に乗った若者数人が出迎えにやって来た。馬を御してバスの横を駆け、歓声を上げての熱烈な歓迎に感激した。

レストランに入ると直ぐに歓迎のモンゴル式宴席が催され、団長の武宮先生にモンゴル酒が盛られ乾杯となった。我々一同も盃に口をつけアルコール度数の強い酒を飲んだ。宴席が済んで外に出て、観光用のパオで小休止した。

退屈なので希望者だけが観光用のモンゴル馬に乗り散歩することになった。大草原の散策コースを馬で疾駆すると、吹く風がホホをなでて最高の気分だった。約30分の乗馬時間はあっという間に終わった。

それぞれの地の思い出　その2

パンダを見たり歴史に触れたり、また結婚式に招かれたりと中国へは様々な目的で訪れた。中国ならではの食習慣やトイレ事情なども記しておく。広大な中国は、訪れる度に発見のある奥深い国である。

（1）四川省成都と江蘇省溧陽　パンダを2度中国で見た

日中国交正常化を祝って中国から贈られてきた2頭のパンダ「ランラン」と「カンカン」を上野動物園に出かけて見たのは、長女がまだ3歳の45年前のことになる。妻と3人でまだ開通して10年も経たない東海道新幹線を利用し、伊豆観光をしてからの東京の旅でのことだった。見物したことで、私は愛くるしいパンダが大好きになった。その後中国で2度パンダを見学したことは、今も鮮やかに記憶する。その一つが四川省成都飼育センターだった。20頭以上のパンダが好物の竹を口に頬張り、悠然と遊ぶ姿に感激した。また、生まれたばかりの双子のパンダが、保育器に入った状態でいるのも見た。体長がねずみ程の大きさに驚いたのも昨日のように思う。

その後、白山市の姉妹都市・江蘇省溧陽を訪れ、見たのが2度目だった。案内された全山が竹林でおおわれた南山竹海の園内では、遊戯中のパンダ数頭を拝見した。可愛さのあまり近寄って竹をやろうとしたが、飼育員にとめられた。パンダは四川省から借り受けているので、万一の事故を考慮して竹を勝手に与えることは、管理上固く禁じられていた。

（2）西安・張家港　青龍寺と東渡寺

日本と中国の2人の高僧に縁ある寺を拝観することができた。寺は弘法大師空海が修行した西安の青龍寺と、日本への渡航6度目にして成功した鑑真和上を祀る張家港の東渡寺だった。

両寺とも囲碁交流で出かけて偶然に訪れたものだったが、碁縁と仏縁が結びつく不思議な縁のことでもあった。青龍寺は我が国の四国4県の人々が物心両面で支援し建った碑などがあった。後年、四国お遍路に出かけ、四国4県の弘法大師信仰の篤さを知った。ここで妻と私の名を記した朱印帳を一冊（5千円）買い求めた。今から15年前のことになるが、元旦の初参りにはそれを持って倶利迦羅不動寺と那谷寺に出かけている。

東渡寺では記念資料館を見学し、そこで鑑真が日本に渡った船（模型の原寸大の木造船）に乗船体験した。船上で私は、死を賭して遥か東方の国に佛教を広めた和上の心意気を考えていた。今は飛行機で簡単に両国を往き来できるが、１２００年以上前の交通手段は船だった。空海と鑑真の2人の高僧が、遭難覚悟で仏教を布教した仏教史の一面を思った。

（3）錦州市　結婚式に招かれて

高岡市は中国の友好都市遼寧省錦州市と多年にわたり友好交流を続けてきた。その一つが、大学時代のクラスメイトの永原龍峻氏が会長を引き受けているＮＰＯ法人高岡鳩の会の取り組

新郎・新婦を囲んで（錦州市の劉氏自宅前）

み（市民交流）である。具体的には錦州市の2大学（渤海大学、遼寧工業大学）での学生の日本語弁論大会開催と、優秀学生4名の審査選考による日本への招待である。私も平成24年（２０１２）から2年に一度の開催に3回続けて参加してきた。

両市の友好交流には忘れられない人がいる。錦州市外事弁公室（友好交流の担当部署）の劉長貴氏である。来日経験もあって何かと親日的な方で、永原氏とも長い親交がある。初めての錦州市訪問（平成24年）の時、長男の結婚式に我々訪中団一行10名を招待してくれた。自宅アパートに招き入れ、各部屋を案内後結婚式場へ移動した。

ホテルを貸し切った宴会場では、何百人もの関係者が列席する中、我々は日本の歌、踊りなどを披露し式を盛り上げた。日中友好の草の根交流でのめでたい席に招かれたことは、劉さんのような日本思いの方がいるからに他ならない。

（4）中華料理いろいろ

「食は中華に在り」と思っている私は、ずいぶんとおいしい中華料理を各地で食することができた。上海蟹、北京ダック、餃子（瀋陽、ハルビン、西安の有名餃子店）、四川本場のマーボー豆腐（激辛で口にすることができない）、海鮮料理（刺身など）、ラーメン、火鍋料理、苔鍋料理など挙げればきりがない。

日中友好や姉妹都市で訪れた際の歓迎宴席の料理は、皆満足するものだったが、錦州市の劉長貴さんが案内してくれた街中食堂の家庭料理も美味しかった。バスを停め、劉さんが見つけた店で交渉して食事にありついた。自家製の野菜や家で飼っている鶏の肉などを使った田舎料理も旨かった。そこでは料理人の主人やもてなす家人と交わす会話も楽しかった。また、店内にあるオンドルや家具調度品などを拝見できたことは、一味違った旅の体験となった。

（5）トイレ事情

中国を旅して心がけておきたいことが幾つかある。出かけた観光地や街中レストランのトイレにティッシュペーパーが備え付けてないことがその一つ。宿泊ホテルの各部屋には常備しているので心配ないが、持参しないで慌しくホテルを出ると大変なことになる。

ショッキングな体験を挙げると、24年前初めて中国を訪れた杭州の霊隠寺の便所がそれだった。低い間仕切りで利用者の様子が丸見えとなっていた。当時の有名観光地の公衆便所ですら旧式で、内陸地でもほとんど同様だと思う。

また、北京に向かう高速道路のトイレは、大小兼用になっていた。便器から下に10数メートル自然落下するもので、覗いてみると下が畑になっていた。トイレの中は汚れ放題で、安心して用を足せない状態だった。

他には内モンゴルのフフホト郊外の屋外トイレ、長春の偽満皇宮博物館内便所、鳳凰古城の昼食レストランのトイレなど挙げれば数多くあって、皆ティッシュペーパーがなかった。

人口の多い中国では、紙を備え付ける街中トイレは、有料と理解すべきである。パスポートとお金のほか、ティッシュペーパーはいつも身につけて旅したい。

（6）観光地の土産売り

観光地を見学した後の出口付近では土産店が立ち並ぶ。そこでは物売りのおばさんが我々を待ち構え近づいて来る。皆片言の日本語を使い話しかけてくるので、つい興味を示すようだと押し売りされる。半額以下に値切ることが相場のようだと思うが、強引に車内まで来られて買ったことも何度かあった。

雲南省石林のバス出発間際に、3個千円で少数民族の民芸品の織物を売りに来たときのことを思い出す。最後は10個千円で買ってほしいと懇願していた。土産は倉庫にどれだけでもあるので、売って千円をほしいだけであると思った。

少数民族が住む山岳観光地の武陵源などを訪れると、民族衣装を着ての記念写真や少数民族の若い女性と一緒に写真撮影するのも拝見した。また、上海の土産店では何でも千円の売り場コーナーがあったが、日本の有名観光地で見かける同じもので、物真似中国の一面を垣間見た。

(7) 高速道路と高鉄（新幹線）

広大な中国に空路到着後の移動は、乗客数によってバスは大型か小型の利用となる。主要都市間の所要時間は約3時間から5時間と想定している私は、いつも車内でのんびり過ごすことに決めている。

高速道路を利用すると、1時間以上走って大体15分ぐらいのトイレ休憩。そこでは食堂、売店、コンビニがあって果物、飲み物、菓子類に観光土産品などを売っている。サービスエリアでは一般乗用車でやって来る人は意外と少ないのに驚くが、それは高速料金が割高なのかと想像した。ただ、行楽シーズンに入ると一変してサービスエリアはどこも家族連れの人たちで混雑し、高速道路の渋滞に何度か遭遇した。

中国国内の高鉄（新幹線）は年々発達しているようで、これまで上海―南京、錦州―長春、長春―ハルビン、ハルビン―大連、洛陽―西安で利用した。これらの間を高速道路で行くと、所要時間は高鉄の3倍以上となる。快適な旅には行程を考え、高鉄利用を加えてみたい。

（8）麗江・鳳凰・平遥　三古城巡り

中国は古来より外敵（夷狄）の進入を防ぐため、長城や城郭都市の古城を築いてきた。代表的な古城の雲南省麗江、湖南省鳳凰、山西省平遥の3都市を訪れることができた。

これらは皆見事な古城であるが、三古城を一度に見学するのは、位置が互いに離れ過ぎているので困難だ。国内便の飛行機を利用するしか実現しないし、最低1週間以上の日程を要するだろう。

古城は周囲が城壁で守られている。中へ入城するには各所に配置した城門（東西南北）をくぐらなければならない。どの古城を見ても、住んでいる人々の歴史、暮らしの様子など興味深い多くのことが分かるし、往時の中国にタイムスリップしたように感じる。

三古城のどれも必見に値し甲乙付けがたいが、中でも麗江は、中国の名監督チャン・イーモーと主演高倉健による友情映画作品「単騎千里を走る」のロケ地だったので、訪れる観光客の人気の的だった。街中をきれいな水が流れ、高台から眺めた街並みは風情と落ち着きがあった。

（9）観劇、ショー見学

中国各地の観光地を訪れて、夕食後に当地の民族舞踊劇やショーを観ることは旅の楽しみの一つである。

　希望者のオプショナルツアーであるので、参加するのは別料金となる。訪中のまたとない機会だとできるだけ出かけた。記憶に残るものは、ハルビンの食事付踊りと歌のロシア民族ショーで、ロシアと中国の両国の踊り子が出演し、ハルビンならではの興味ある演出だった。

　蘇州の網師園の古典芸能演奏、九寨溝や武陵源の山岳少数民族の舞踊と音楽、敦煌の楽器演奏と舞踊、上海の雑技と京劇、少林寺の拳法演武などを見学したが、それぞれ観たときの感動は今も鮮明によみがえってくる。

網師園での観劇

⑽ 桃源郷に来て

　湖南省の少数民族村にバスが着いて、部落内を見学することになった。まず、入り口で少数民族の儀式にのっとりお払いを受け、お神酒を口にした。

　民家が点在する坂道を下って行くと、山間から流れてきた清流の小川が見え、対岸に渡る吊り橋が架かっていた。川幅約15メートルの川岸には鴨が飼われ、川に魚の泳いでいるのが橋上からはっきり見えた。橋に立つと周囲の山々が眺められ、川面を伝い頬を撫でていく涼風にしばし一服の時を過ごすことにした。皆が少数民族の家を見学している間に一人橋の上で足を投げ出し、至福のときを楽しんだ。

遠く離れた異国の山間風景を堪能できる田舎のここは、街の観光地巡りの楽しみと違い、私に何か桃源郷で遊んでいるような心境にさせた。少数民族の部落観光は、めったとない貴重な思い出の旅だった。

それぞれの地の思い出　その3

世界第3位の長さである長江を見ると、中国のスケールの大きさを思い知る。卓球選手の「泣き虫愛ちゃん」こと福原愛選手に偶然出会ったのも良い思い出だ。思い出深い中国旅行は、いくら書いても書き尽くせない。

(1) 長江遊覧

長江は源を雲南省に発し、江蘇省を経て東シナ海に流れ注ぐ。悠久の流れの河川は長さ6300キロで、世界第3位を誇っている。長江をこの目で見たのは2回あって、ともに南京を訪れた南京大橋に来たときだった。

最初は平成15年（2003）に江蘇省張家港市を訪れ、囲碁交流対局をすませ一泊後、南京へ向かう途中、毛沢東も乗船したと言われる遊覧船で橋の下の長江を上り下りした。2度目は平成23年（2011）に県日中友好協会の旅で南京を訪れ、中山陵などの市内観光の後南京大橋に着いた。橋の施設見学をして展望台から長江を眺めることになった。

2度とも陽は西に傾きかけ、空はいつもどんよりと曇っていた。中国特有の天候のせいか橋の向こうの対岸付近はぼやけて全く見えなかったが、中国第一の川幅の大河であることを実感した。黄土を含んだ濁った水は、いかにも中国的色合いだった。

長江で思い出すのは、NHK・BSテレビで放映された3回シリーズの「長江、天と地の大紀行」で、長江各地の流域で生活する人物と河とのかかわりなどを伝える興味深い内容だった。雲南省の昆明、石林、麗江、大理を訪れたが、長江のもっと奥深い源流にも機会があれば是非訪ねたいものだ。

（2）敦煌　駱駝に乗る

海外の旅で動物の象、馬、駱駝に乗った思い出は、訪れた地とともにいつまでも記憶に残るものだ。

象はタイのアユタヤ観光で乗ったが、馬と駱駝は中国の旅のときだった。馬は中国内モンゴル自治区のフフホト郊外で乗ったモンゴル馬で、駱駝の方は敦煌莫高窟の見学を終え、バスで移動して鳴沙山、月牙泉を訪れて乗った。

観光客のために飼いならされた約50頭の駱駝は、指定の場所におとなしく待機していた。我々一行は恐る恐る各一頭に乗り目的地の月牙泉へ向かった。西に傾きかけた夕日が鳴沙山の稜線を照らし、駱駝の背に揺られた全員は見事な光景を眺めながら進んだ。思わず誰彼ともなく「らくだ、らくだ」の合唱の声。砂漠を行く隊商気分になって月の砂漠を歌い出す者もいた。

月牙泉は池の水が長い年月にわたり一度も枯渇しない貴重な見所で、シルクロードを旅した人々に多くの恩恵を与えてきたオアシスの別天地。水こそ砂漠を行く人々の命だとの思いを強くした。

鳴沙山を観て月牙泉へ

（3）泣き虫愛ちゃんに出会う

2度目の中国囲碁交流での瀋陽の旅は、平成11年（1999）秋のもう19年前のことだった。

大連から瀋陽に列車で向かい、夜遅く目的地に着き連泊した。

親善対局を終えた翌日、ホテルの朝食バイキングをとっていると、朝食会場でスポーツウェアを着込んだ天才卓球少女の福原愛ちゃんを偶然発見。彼女は瀋陽での卓球合宿に参加して、訪中していた時のことだった。

彼女を4歳ころからよくテレビで拝見したが、卓球台からやっと首が出るぐらいの身長でラケットを振っていた。失敗して負けると悔しくてよく泣いていたので、誰もが「泣き虫愛ちゃん」と呼んで注目していた。ホテルで見た愛ちゃんはもう5年生ぐらいだったが、猛特訓の疲れのせいか食事は進んでいなかった。

めったにない機会だと思って、付き添っていたマネージャーのお母さんの許可を得て、彼女を入れて記念写真を撮った。そこでの練習成果があったのであろうか、その翌月の12月21日の全日本卓球選手権大会では最年少勝利を挙げた。

今では彼女はオリンピックでメダルを獲得するなどの大活躍。台湾の卓球選手と結婚し、愛の結晶を授かったことも心から祝福したい。泣き虫の愛ちゃんだったが、中国で卓球の修行をしたこと、中国語をマスターしたことなどが今のたくましい福原愛へ成長させていったのだと思っている。

寒山寺住職の書

（4）寒山寺住職の色紙「心」

初めて中国を訪れたのは、25年前の平成5年（1993）秋だった。名古屋空港を発ち、上海空港に夕闇迫るころ到着。上海のホテルへ向かうバスから見た夜の街は、今日の発展したイルミネーション輝く中国と全く違う世界。自転車は無灯で走り、農作業を終えた牛車がのっそりと暗闇の中を歩いていた。

中国の三都の上海、杭州、蘇州を巡る囲碁交流の旅でのことだったが、そのとき一番見学したかったのは、蘇州の寒山寺だった。寒山寺は、「月落ち烏啼いて」の「楓橋夜泊」の漢詩であまりにも有名で、ここの釈性空住職は中国でも有名な書道家だったので、我々一行、一人ひとりに好きな漢字一字を入れた色紙をプレゼントしてくれることになっていた。

私の希望する漢字は「心」だったが、住職は「今の心か、昔の心か」と通訳を介して聞いてきた。そのとき一瞬理解できず、お任せしますと言った。後で分かったのだが、住職は書体のことを言われたのだった。私は昔の気持ちか現在の心境かととらえてしまった。「心」を色紙に大きく太筆で書き、私の名前もその筆で細く書いてくれた。今も家宝にして飾ってある。謝謝だった。

（5）白社長との囲碁対局

平成24年（2012）、初めて高岡鳩の会に同行して高岡市の友好都市・中国遼寧省錦州市を訪れたときのことだった。参加者の中に囲碁をする私がいたことを知って、急遽滞在中の錦州市内のホテルで囲碁対局となった。

対局相手は地元の石油会社白総経理（社長）で、囲碁愛好者の親日家。棋力は4段と聞いたが、中国の実力は申告通りでないことを中国各地で実際に対局して知っていた。そのため少なからず緊張し、心の準備をした。親善友好で訪れていたので、勝負よりも友好交流が第一だと心がけることにした。

白社長との囲碁対局
関係者の観戦で緊張の一戦

互いに盤面に向かい、淡々と石を運び進行し、周りを訪中仲間が取り囲んで応援してくれた。中盤の難所に差し掛かり、そこで白さんが見損じして勝負が決着した。そのときは勝利の嬉しさよりも何とか親善目的が果たせたことでほっとした。

碁が終わって、白社長は対局に満足したのか一行をホテルの特別室に招き、豪華な食事でもてなしてくれた。土産に全員へ扇子、掛け軸などのプレゼント。聞くと白さんは石油会社を経営し、かつて日本人に世話になったとの話をしてくれた。

（6）三大石窟を訪れる

中国を訪れて有名な中国三大石窟を拝観することは、多年の夢だった。三大石窟は、敦煌の莫高窟、山西省大同の雲高石窟。洛陽の龍門石窟を言うのであるが、これらを順に平成13年（2001）、平成26年（2014）、平成28年（2016）と見学できた。

三大石窟のどれを観ても、優れた仏教芸術である仏画・仏像等が崖や岩石の深い洞穴に描かれ刻まれていた。長い年月を幾世代にわたって制作され、一つひとつに目が釘づけになった。三大石窟の比較はできないもので、それぞれに魅力があって三つ全部を拝見するのがよいと思う。

龍門石窟の高さ 17 メートルの大仏

莫高窟では、幾つもの洞窟内にある諸仏の石像や仏画の一点一点を観た。ここの天井に描かれた天女の舞は、印象に残って忘れられない。何度か訪れた京都大原三千院の展示館でも同様のものを目にしたが、そこでは敦煌の旅のことを思い起こさせてくれた。

雲高石窟と龍門石窟は共に岩に彫られた石仏を目の前にして拝見した。雲高、龍門とも崖が続く岩の中に何体もの大仏があったが、雲高の方は石仏の前が大広場となって全体像がはっきり見て取れた。龍門のメインである高さ17メートルの大仏は、離れた川の対岸から見るのがよいと言われ、移動して石窟全体を写真におさめた。

（7）九寨溝と黄龍

３０００メートルの高地を切り開いた九寨溝空港に降り立つと、頭痛がして呼吸が苦しくなった。呼吸機能が悪い私は心配したが、時間が経つにつれて正常になってほっとした。その夜は１時間３０００円のチベット式マッサージをして長旅の疲れを取って、翌日からのスケジュールに備えた。

快晴の翌朝、バスで九寨溝へ向かった。ここは世界自然遺産で世界各国からの観光客の絶賛の観光地。３つの峡谷沿いに大小１０８の湖沼が連なり、湖面は極彩色。滝や樹木の自然美は訪れた人々を魅了させ、近くの山々に野生のパンダも住んでいる。

九寨溝の記念の一枚

自然環境保存を配意した遊歩道を歩き、鏡海、五花海、珍珠瀑布と見て回った。湖面の下では魚が泳ぎ、透明な水は神秘な世界を演出してくれた。

九寨溝観光を終えて黄龍へ向かった。黄龍も九寨溝と甲乙付けがたい自然美があった。

長い年月をかけてできた石灰分が溶け込んだ棚田や湖沼が、頂上に向かって左右に見られた。山登りは借りた小雨用ポンチョを着装し、買った酸素ボンベを手に持ってあえぎあえぎの山歩きとなった。後のスケジュールの関係で途中から引き返し、下山することにした。黄龍観光の一部分だったが、十分満足した。

(8) 中国で知られた日本人

訪問3度目となる高岡鳩の会が取り組む、錦州市の渤海大学生の日本語弁論大会の会場にバスが着き、大学に入ると講堂内に100名を超える学生が詰めかけていた。

この機会にと日本と中国に深く関係し結びつく、私なりの著名な日本人10名をとりあげ、学生の認知度アンケートをお願いすることにした。10名は、井上靖、瀬戸内寂聴、渡辺淳一、宮城谷昌光、山崎豊子、なかにし礼の文学者に、ノーベル賞の大村智、画家の平山郁夫、俳優の高倉健に、卓球の福原愛ちゃんだった。この中で高倉健、福原愛、渡辺淳一の3人が学生に知られていた。私は個人的に井上靖、瀬戸内寂聴、平山郁夫、大村智らの方々を答えてもらえると期待したが、中国の20代の若い世代にとって3人が何故人気なのだろうかと考えてしまった。

(9) 姓名題詩

山西省平遥古城は1370年創建され、25回の修復をして当時の姿をとどめていた。古城内には見所も多く、その一つの平遥県署を見学した。よく保存された施設は、かつて刑の執行(司法）も行った行政の官舎で、興味の尽きないものだった。

広い敷地内を見て回って疲れると、休息処に来た。そこで机に「姓名題詩」と書かれた立て札が立ち、若い作家が椅子に座っていた。興味を持って近づき、私は自分の「田口功一」の漢字4字を入れ、一字ごとに詩にしてもらうことにした。作った作品に感心しながら眺めているのを記念写真におさめた。

しかし、作品は翌日出発する際、慌しさでロビーのどこかに置き忘れた。そのことを駐車場で気づいたが、引き返すことができなかった。持ち帰ってみたい土産だったが、姓名題詩を平遥古城の思い出とすることとした。

(10)　トンパ文字

雲南省麗江は、漢字の地名のとおり街中を清流が流れ、古い町並みと石畳の街路は印象に残る。このためか、中国の名監督チャン・イーモーと主演高倉健の友情作品の映画「単騎千里を走る」のロケ地にもなっていた。

人気を博した映画の関係で、ここを訪れる観光客は街のあちこちにあふれていた。ここで訪れたかったのは、珍しい象形文字であるトンパ文字を観光客に書いてくれる詰め所だった。そこでは客が希望する言葉（漢字）を見せると、トンパ文字の職業専門家が即座に和紙に書いて

漢字の言葉をトンパ文字で書いてもらった

くれた。

私は家族の健康と繁栄を願うことをトンパ文字にしてもらった。自宅に帰り作品を額に入れ飾ることにした。観光客にティーシャツも売られ、希望の言葉をトンパ文字で書いて土産にするものだった。私はそれを3枚買うことにした。

5、西国観音霊場巡り

平成22年（2010）3月から11月まで、月1回西国観音霊場巡りのバスの旅に出かけた。巡礼の旅に私を駆り立てたのは、母がその年の1月10日に91歳で亡くなり、葬儀、法事などに明け暮れていると三人の同級生が次々と逝き、年内に七人もの縁ある人が喪《みまか》ったことで、人の生死、世の無常を強く考えたからだった。

2月中旬、3月23日出発の西国三十三霊場の旅を新聞で知り、急ぎ申し込んだ。霊場巡りの旅は、富山のトラベル日本が企画し、富山地鉄観光バスで行くものだった。近畿2府5県の33カ寺に別格3寺を入れて全9回で訪れ、日帰り3回、1泊6回となっていた。毎回の参加者は30人前後。女性が7割を占め、男性は七、八人だった。最高齢は85歳近くの女性で、彼女は満願のときも元気で参加していた。初めのうちは富山、石川、福井の3県からの参加で、面識がないためか互いに多少気まずい様子だった。しかし、旅の目的が同じなので、次第に仲間意識が生まれて親密になった。

第一番札所の青岸渡寺から札所順に進むのではなかった。バスが西国各地の寺を効率よく巡るため、前もって行き先を知らせてくれた。旅を世話する先達さんと添乗員がいたが、前者は僧の八尾修峰さんで、後者は気転のきく明るい宮本恵美さんだった。八尾さんは霊場巡りのベテランで、読経はもちろん、寺の説明案内にも詳しかった。時々気楽に加持祈祷もやってくれ、車内では仏の知恵や人生の教訓などにも触れ、心の持ち方、宗派にこだわらない生き方など話題は豊富だった。氏は大阪・守口市から出かけて来て、途中で我々と合流した。バスに乗るとすぐに朝のお勤めをやってくれ、全員で般若心経などを読経した。

一方、宮本さんは朱印帳、お軸、笈摺《おいずる》の朱印を寺でもらうため、それらを車内で集め朱印所に一人で持参してくれた。宿泊関係の手配や夜の宴席などにも気を配ってくれ、仕事とはいえ全く感謝だった。

寺の参拝の作法は、1、門前で合掌　2、手洗い、口をすすぐ　3、種火やマッチを使い線香やろうそくを立てる　4、納め札を箱に入れる　5、さい銭をあげる　6、鰐口を鳴らす　7、読経する　の順に行う。多少は知っていたが、いい加減だったことを思い知らされた。手を洗い口をすすぐ際の作法や、線香、ろうそくの立て方や種火を使うことなどは理解できていなかった。

1000年以上も親しまれている西国巡礼の旅は、人々に心の安らぎと癒しを与えてくれるが、私も訪れた33カ寺や高野山、善光寺などからそのことを実感した。特に私の思い入れのある10カ寺を取りあげ記しておきたい。

（1）第一番札所青岸渡寺

バスの旅6回目の8月24日の暑い午後、北陸を出発したバスは最も長い行程となる那智勝浦の駐車場に到着。バスを降りると４５０段の急な階段が続き、あえぎながら上る途中、石段の横に白い山百合が咲いて我々一行を元気づけてくれた。本堂にたどり着くと広場になっていて、左手に那智大社、右手に那智大滝が見えた。手前に三重塔があって滝と調和した美しさに目を見張った。さすが世界遺産だと納得した。と同時に33年前、小学生の長女と3歳の長男を連れて家族で南紀一周したときに、慌しく滝を眺めに立ち寄ったことを思い出した。時の経つ速さに驚くばかりだった。

第一番札所青岸渡寺のパンフレット

本堂に参拝しようと足元の木の階段を見ると、多くの参拝客で磨り減っていることに驚くと同時に観音信仰の篤さを知った。参拝をすませ再び広場に戻り、山々の景色に見とれた。ふと朝日が熊野灘から昇ると、東方浄土が広がるのではないか、とそんな思いにさせられた。

最後に水がすごい迫力で落下する大滝を見学しようと、杉の大木を横に見ながら石段を下った。滝つぼに近づいてみると、瀑布のすごさ、スケールの大きさ、水の霊気に圧倒され立ちすくんだ。

（2）第二番札所紀三井寺

前日青岸渡寺を参拝し、その夜南紀勝浦の旅館に泊まり、バスを走らせ和歌山市内にある紀三井寺に着いた。231段の結縁坂を汗を拭き拭き上ると、風光明媚な和歌浦が遠くに見えた。市の中心地にある紀三井寺陸上競技場は、昭和46年（1971）秋の和歌山国体に野球の県代表で出場し、総合開会式の入場行進をしたところ。競技場に目をやると39年前の懐かしい光景が目に浮かんできた。

ここの見どころは、平成20年5月に開眼した高さ約12メートルの日本最大級を誇る寄木立像の大千手十一面観音菩薩像だった。金色燦然と輝く像に引き寄せられた私は、その場を去りがたかった。本堂内の受付で寺の貫主・前田孝道氏が出版した本を見つけ、記念にと買い求めることにした。その後、松尾寺でも著名な松尾心空住職の著書も買うことになったが、この2冊は帰宅し一気に読んだ。人生は出会いと言われるが、人との出会いの他に1冊の本との出会いもあるようだ。

第十二番札所　三室戸寺

（3）第十番札所三室戸寺

8回目の10月26日、京都宇治にある三室戸寺の駐車場からゆるやかな坂道を上がると右手に大庭園があった。四季折々の花で彩られ、4月上旬には桜、5月上旬にはツツジ、6月にはアジサイが見ごろとなる三室戸寺は、花の寺として知られ訪れる人も多い。最後の階段を上ると本堂が迎えてくれ、堂前の蓮は、咲き終えて枯れていた。11月中旬の紅葉にも早く、もちろん蓮の開花時期でもなかった。霊場巡りにやって来たのでやむを得ないことだった。

平成26年（2014）春に三人の友と再び参拝と庭園見学に来た。そのときは、ツツジとアジサイ、シャクナゲが咲き誇るのを拝見でき満足した。贅沢な話だが、極楽浄土の蓮の花が咲くのをぜひまた来て見てみたいものだ。

（4）第二十一番札所穴太寺

6月22日、勝尾寺、善峰寺を巡って午後、バスは京都亀岡にある寺に着いた。年月を経た風情ある仁王門をくぐると本堂が目前にあった。寺の入り口から本堂に進む廊下は、武家屋敷造りの独特の木の床になっていて、疲れた足がマッサージされて気持ちがよかった。

本堂の横の片隅に置かれた涅槃釈迦像は、布団が掛けられ横たわっていて、病気平癒を祈願する皆からありがたく撫でられていた。丹波地方随一の霊場の庭は、時間の関係で見学できなかったが、寺から出てバスに帰る途中で見た周辺一帯は、太陽が西に傾き、見渡すと遠い昔の古里の原風景だった。

（5）第二十三番札所勝尾寺

バスの旅4回目となる6月22日、駐車場に着いてすぐの山門を入ると、弁財天が祀られた池があった。その横の山道左手には川が流れ、手を浸しながら水音を心地よく聞き本堂に向かった。勝運信仰の寺として知られ、受付で勝ちダルマ1個を買い求めた。受付近く展望所に立ち、周囲の山々を眺めていると、全山紅葉したころの見事な光景を想像して再訪を願った。

帰りに池の弁財天を参拝し、そばにあるレストランで一休みした。コーヒーをゆっくり味わいながら池とその背後にある山とがマッチした光景に見とれ、しばし心が癒される至福の時を過ごした。

（6）第二十六番札所一乗寺

9月28日、西国札所で屈指の難所である施福寺の参拝を終えて、バスは大阪和泉市から兵庫県加西市に移動。寺の門前の駐車場に着くと、日は西に傾いていた。

もう1カ月もすると紅葉で色づく楓の下を通り、本堂に続く急な階段を急ぎ上った。途中で下の方を振り返ると、平安末期に建立した三重塔が見えた。当寺が山間の静かな地にあって、古刹然とそびえていて私のお気に入りの寺の一つとなった。ここのご詠歌「春は花　夏は橘　秋は菊　いつも妙なる法の華山」もまた気に入った。

（7）第二十七番札所円教寺

前夜、姫路市郊外の塩田温泉に泊まり、翌9月29日、標高371メートルの書写山山頂にゴンドラで上がり、乗り継ぎのバスで寺に来た。そこから山道を歩くとコの字型の広場となっていて、大講堂、食堂、常行堂が建っていた。ここの広場に立つと何かに包まれるような不思議な気持ちになった。どこかで観たことのあるシーンだと考えていると、渡辺謙主演の映画「ラストサムライ」のロケ地だったことを思い出した。また、平成26年（2014）のNHK大河ドラマ「軍師官兵衛」にも登場していたが、やはりロケ地にふさわしいのだろうか。ここ書写山が「西の比叡山」と呼ばれる寺院風景を醸し出しているからだと思った。

(8) 第二十八番札所成相寺

5回目の7月27日、前夜宮津ロイヤルホテルに泊まり、日本三景の一つ天の橋立の股覗きを楽しんで、バスで山頂にある寺に来た。撞かずの鐘を見て急な石段を上ると、本堂はすぐ目の前にあった。本尊・聖観世音菩薩を拝み、全員で般若心経などを読経した。

終えて境内を散策していると、百日紅《さるすべり》、むくげなどが今を盛りと咲いていた。本堂前にある湧き水は「成相山観音水」と呼ばれ、霊験あらたかだとのことでいただいた。今夏の特別な暑さから、甘露の名水で生き返ったような心地だった。深緑に囲まれた古池を左手に下ると、右に真新しく復元された五重塔が見え、塔を眺めながら歩くと元の石段に来た。数段石段を下り、何気なく本堂を見返すと、境内で遭遇した光景が一瞬西方浄土の世界のように思えてならなかった。そこは日本海に面した山頂であるからだろうか、花と鳥、池や霊水の自然の恵みで浄土の世界を現出するからか、といろいろと考えていた。

(9) 第三十番札所宝厳寺

10月27日、長命寺、観音正寺を参拝し、バスは長浜の琵琶湖汽船の長浜港に来た。ここから竹生島にある宝厳寺に向かうのだった。船の待合室に入ると、明後年のNHK大河ドラマ「江」の放映宣伝ポスターが張られていた。江は戦国時代の浅井長政と織田信長の妹・お市の方との間に生まれた三女。数奇な運命に翻弄されたドラマが楽しみで、帰って早速、原作の田淵久美子著『江─姫たちの戦国』上・下巻を購入した。

竹生島は日本の三大弁財天の一つがある聖地で、それは日本で最古の弁財天だった。七福神の一人である弁財天は、富貴、名誉、福寿、縁結びの女神として信仰を集めている。「江」のドラマでは浅井家が弁財天を信仰していたことで、ロケ地に竹生島が登場していた。西国三十三カ所の中で、船で湖面を往復した旅は、思い出深いものだった。

(10) 第三十二番札所観音正寺

第8回目の10月27日、湖東にある長命寺を参拝し、近江八幡市安土町の寺の駐車場にバスが着いた。標高433メートルの山頂までの山道は狭くタクシーを利用。寺の入り口で阿吽の仁王像が迎えてくれ、本堂に入った。本堂は戦国時代に信長によって焼かれ、その後再興されたが、平成5年(1993)にも火災で本堂などが焼失した。現在のものは、平成16年(2004)に落慶し、真新しくなっていた。

読経をすませ本尊千手千眼観世音菩薩を身近に拝み、撫でることもできたが、本尊がインドから取り寄せた貴重な白檀23トンを使っていただけに特別ありがたい拝観だった。

本堂内から遠く琵琶湖が眺められ、手前の東近江平野の広がりとの組み合わせは、最高のロケーションだった。また、本堂横に積まれた石は、それぞれ五百羅漢に似せて張り付いていて、見る者を十分堪能させてくれた。

座る仏教が禅で、歩く仏教が巡礼と言われるが、西国三十三カ所の山道を歩き、階段を上り、本堂の仏像や庭園の池や季節の花々などを見ていると、多くの体験と気づきがあった。歩く途中の地蔵さん一体一体に願主がいて、花やお供え物が添えてあり、願いが込められていた。歩道横の立て看板には、人々の生きた節目や岐路での体験に基づく教訓などが記されていた。本堂には奉納額が掲げられ、何百年もの時を経たものもあって、寄進者の名前や日付が識別できないものも多かった。これらのことは、西国観音霊場に出かけたことで分かるものだった。無事9回の長旅を終え、満願を迎えてお礼の長野善光寺にお参りができたことに感謝である。

6、朱印帳

家を探すと朱印帳が11冊も出てきた。朱印された最も古いものは、平成11年（1999）1月15日付け瑠璃光寺と書かれていた。当時、長女一家が山口県防府市に住んでいたので、妻と二人訪ねて行き、3歳の孫・小百合を連れ山口市を訪れたときのものだった。それ以前もずいぶんと京都などに旅していたので、他にもあるのではないかと確認してみたが、見つからなかった。

御朱印は、寺社に参詣した折、祈願浄書した経文を神仏に奉納し、参拝の証としてその寺社の本尊の名号を墨書し、宝印をいただくものである。私は観光で訪れ気軽に300円払い、納経受付で参拝記念としてもらい受けていた。御朱印帳のありがたいことの一つは、参拝記念の日付が入っていることである。朱印を眺めているだけで、いつどこの寺社へ行ったか、旅の様子はどうだったかなど思い巡らさせてくれてうれしい。

御朱印帳で忘れられないことがある。中国囲碁交流の旅で訪れた弘法大師・空海ゆかりの西安・青龍寺の参拝記念の1冊である。友誼商店での買い物時間に飽きて、急遽寺に立ち寄り買

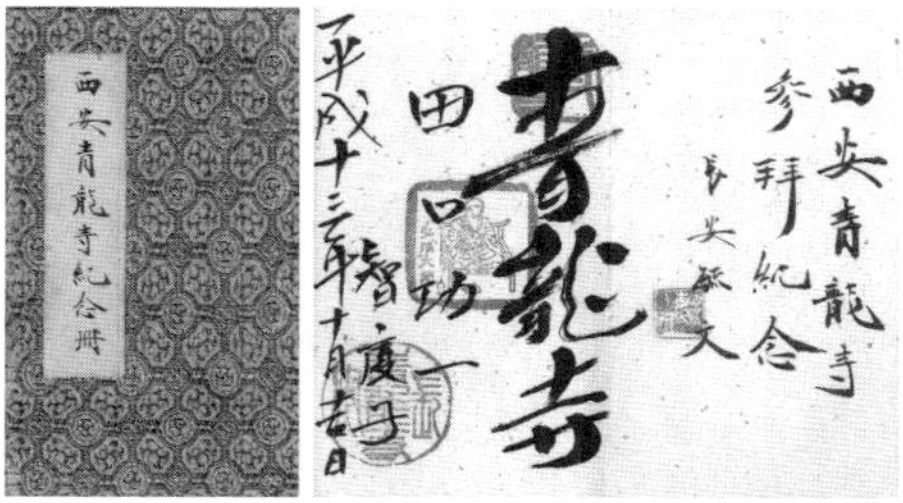

西安青龍寺紀念冊

い求めたもので、表紙に「西安青龍寺紀念冊」と記された豪華な装丁となっていた。住職に私と妻の名前を書いてもらい、平成13年1月吉日と日付も入っていた。

　毎年、それを持って正月恒例の初参りに出かけている。那谷寺と倶利迦羅不動寺の2カ寺を回るのであるが、初めて見せた倶利迦羅不動寺では朱印することを遠慮された。気軽に朱印をしていただければとお願いし、以後も両寺の正月の日付の入ったもので埋め尽くされている。

　11冊の朱印帳の中には、平成23年（2011）にバスで出かけた西国観音霊場巡りの33カ寺に、別格三寺、宿泊した高野山、満願お礼参りの善光寺が記入したものも入っている。このときはバスの添乗員が参加者の朱印帳を集め、帰りのバス内で戻してくれていた。その翌年秋から四国のお遍路に涅槃の道場・香川県からスタートさせたが、ここでの朱印帳は、前年、京都・大覚寺での写経の旅の途中で、弘法市が開かれていた東寺に立ち寄り、買い求めたものだった。朱印帳のサイズは普通、縦が16センチ、横6センチであるが、これは縦26センチ、横18センチのビッグサイズで、表紙に「四国霊場88カ所納経帳」と書かれ、開くと東寺に始まり高野山奥の院、一番霊山寺と続き、御詠歌も添えてある。書きやすく見やすいものとなっていた。

旅に出て朱印集めをして、北は出羽三山から南は九州大宰府天満宮が記されているが、寺の方が多いようだ。しかし神社も少なくないのは、毎年春、小松バスで行く九州フェリーの旅に参加し、九州各地にある名の知れた神社に参拝することで分かる。確かに九州は寺が少ないのである。

朱印帳を開いて見ると、二度三度と訪れているのは、大原三千院と寂光院、三尾の高山寺、西明寺、神護寺の3寺、天龍寺、詩仙堂、龍安寺などであるが、近年、友と連れ立ち四季折々に神仏のご縁に引かれて旅立つのは、齢を重ねたからかもしれない。朱印帳は旅の思い出に欠かせない必携品となっている。

7、人生のこの一冊

50歳を過ぎたころ、人生で後悔することの一つは、もっと若い時から良書に親しんでおけばということだった。そのため、1日1冊の本を読破する目標を立て、興味のある読みたい本探しに公立図書館通いをした。

島清恋愛文学賞選考委員らとの記念写真

しかし、感銘を受け人生を豊かにしてくれるような名著、良書には、めったに出会うことはなかった。その後、51歳の平成6年(1994)春、美川出身で大正時代の天才作家・島田清次郎を顕彰して、文学賞を制定する話が持ち上がり、私もその推薦委員の一人に加わることができた。そのことは、本への関心を一層深めることになった。

賞の対象作品は恋愛文学に限っていたが、全国からの多くの応募作を読むことで読書領域が広まって勉強になった。また、推薦委員を11年間務め、選考委員長の渡辺淳一氏をはじめ選考委員の椎名誠、藤堂志津子、高樹のぶ子、小池真理子、藤田宣永の著名な各氏らと何度か顔を合わせ、毎年の秋の文学賞の贈呈式にはこれら選考委員のだれかが出席し、受賞作家ともどもも身近に話ができた体験は貴重なものだった。

島清恋愛文学賞推薦委員の在任期間中は、恋愛文学のほか多くのジャンルの本を読む日々を送っていたが、平成19年（２００７）５月、突然の脳梗塞で金沢市立病院に緊急入院したときに出会った本は忘れられない感動の１冊だった。本のタイトルは、『漢詩への招待』（石川忠久著）だった。脳梗塞のリハビリが順調に進み、退屈な入院生活から気晴らしにと地下売店をのぞき、何気なく本棚から見つけたものだった。

中国に何度も旅したことや高校生のころから漢詩に関心があったことで手にしたのだが、ページをめくっていくと、李白作の〝朝に辞す白帝彩雲の間〟の「早発白帝城」、〝長安一片の月〟の「子夜呉歌」、杜甫作の〝国破れて山河在り〟の「春望」、〝昔聞く洞庭の水〟の「登岳陽楼」、王維作の〝渭城の朝雨軽塵をうるおす〟の「送元二使安西」、〝空山人を見ず〟の「鹿柴」、孟浩然作の〝八月湖水平らかなり〟の「臨洞庭」、〝春眠暁を覚えず〟の「春暁」など興味深い詩が載っていた。さっそく買い求め、部屋のベッドで精読することになった。

本によると漢詩が３２００年の昔から詠い始められ、一貫して流れた歴史のことや詩の形式ときまりなども詳解されていた。読み出していくと後漢の半ば過ぎ（紀元１００年ごろ）の「古詩十九首」に注目がいった。その一つ「生年不満百」が私を驚嘆させ心を離さないものであった。ここに詩と読み方を記すことにする。

生年不満百　生年百に満たざるに
常懐千載憂　常に千載の憂いを懐く
昼短苦夜長　昼は短くして夜の長きに苦しむ
何不秉燭遊　何ぞ燭を秉《と》って遊ばざる
為楽当及時　楽しみを為すは当に時に及ぶべし
何能待来茲　何ぞ能く来茲を待たん
愚者愛惜費　愚者は費を愛惜して
但為後世嗤　但だ後世の嗤《わら》いと為る
仙人王子喬　仙人王子喬と
難可与等期　与に期を等しくすべきこと難し

本の著者は次のように解説しているのである。

「人生長くてもせいぜい１００年、それなのに人はいつもくよくよと心を悩ませている、どうせ短い人生、愉快に遊ばなければ損じゃないか。ばか者はろうそくのお金を惜しんでけちけち、

書家・熊谷南峯氏による「為楽当及時」

あくせくする（ろうそくは非常に高価なものだった）、昼だけでは足りない、夜もじゃんじゃんろうそくつけて遊ぼうじゃないか。

このように、うたっていることは、いささか頽廃的ですが、表現はどぎつくなく、むかしの人のおおらかさのようなものが感じられます。愉快な詩です。」とあった。

また、この詩は、生命のうつろいやすいことを嘆き、青春の再び得がたいことを惜しみ、千載の憂いを抱く世の愚人をそしった歌で、また享楽主義を賛美した歌であるともされている。詩の3句から6句までを見ると豊年祭りの酒席での描写を想像し、盃を酌み交わす中で宴席になじまない堅物の男がいて、「千載の憂いを懐く」者、「愚者」といってはなじり、そして酒の肴にしたであろう、との別の見解もあるようだが、病床でこの詩を何度も詠み返していた。約2000年前の中国に、このように人生をとらえた古詩のあることに驚いたのであった。1句と2句、3句と4句以下10句まで、対句で作詩され、すばらしいの一語に尽きるものだった。中でも、5句の「為楽当及時（楽しみを為すは当に時に及ぶべし）」は、人生における最高の格言だとの思いであった。後年、親交のある書家の熊谷南峯氏に書にしてもらい、額に入れて座右の銘にして大切に家に掲げてある。

8、九州フェリーの旅

小松バスで行く九州フェリーの旅は、旅好き三人を誘い8年連続で出かけた。午後1時、金沢駅西口を出発したバスは、北陸自動車道の松任CCZに立ち寄り、我々を拾い大阪湾の乗船港に5時過ぎに到着。乗船者名簿の提出手続きをした後、参加者は乗船して船内レストランで夕食をとってくつろぎ、瀬戸内海を進む船の窓外の夜景を楽しむ。1等船室の個室ベッドに戻り横になるころ、アルコールが入ったことと船の振動で皆心地よい眠りに着いた。

日南海岸で
小松バスで行く九州フェリーの旅

翌朝目覚めると、フェリーは朝日を浴びた九州の各港に着岸する。着岸港は大分、別府、門司、志布志と違っていたが、それは行く先の観光コースをどこにするかによって決まる。これまで8回出かけた観光地は、長崎、佐賀、福岡、大分、宮崎、熊本の6県の各地であった。しかし、指宿、桜島などがある鹿児島県には行っていない。これはフェリーと九州各地で各1泊

デコポン発祥の地で（熊本不知火）

する2泊3日の旅では、3日目の帰路にバスを走らせ自宅に着くのは夜遅くなってしまうからだ。例えば大分県の湯布院のホテルを朝8時に出発し、途中のトイレ休憩15分や昼夕食の弁当を詰め込む時間を入れ、バスは高速道路をひた走りしなければならない。走行時間は15時間近くかかり、長旅は疲労困憊となってしまう。

8回も出かけていると、九州の観光地は、これまで別の機会に出かけたところもあって、ほぼ見尽くした感がする。宿泊する旅館、ホテルは温泉地に設定され、記憶をたどれば嬉野、菊池、阿蘇、湯布院の九州に四国の松山道後、本州も山口長門湯本だったが、唐津と長崎は眺めが最高のホテルだった。

九州の旅で特に印象に残る3つを挙げれば、観光フェリーで往復した離島の壱岐にあった真新しい歴史資料館に、周囲が桜で満開だった天草キリシタン館、3・11東日本大震災後まもないときの長崎原爆資料館だった。これらの館が展示した興味深い資料やシアターに食い入るように見入った。特に、長崎原爆資料館では、街が復興するのに多年を要したことを知った。東日本大震災からの復興に相当の長い年月を要する東北も、復旧・復興を遂げてもらいたいと願った。

九州フェリーの旅は、北陸にはまだ寒さが残る3月下旬に出かける。九州各地で桜の開花や今を盛りに咲く菜の花をバスの窓外に眺めて、一足早い春の訪れを満喫できるうれしさは格別である。

9、北陸中日新聞投稿

地元北陸中日新聞朝刊の発言欄に投稿を続けて9年になる。投稿回数は35回だから、年平均約4回である。

初めての投稿は、長男に長女（絢香）が誕生した平成21年（2009）の5月だった。きっかけはミュージカル「サウンドオブミュージック」を金沢市観光会館（現金沢歌劇座）で観賞し、感激したことだった。これまで野球、ゴルフ、囲碁と勝負を競うことが好きだった私は、ミュージカルの世界に魅了された。感動したことを投稿することに躊躇しなかった。

この原稿が新聞に掲載されたことで自信がついて、その後の投稿につながったようだった。自分のテーマは日常で体験した感動を中心に記すことに決めた。琵琶湖を旅した長浜で翌年のNHK大河ドラマが「江」であることを知り、原作を読みテレビでのドラマの展開を楽しみにしたことや、サッカー女子ワールドカップドイツ大会でのなでしこジャパンの優勝で、なでしこたちのあきらめない姿に感激したこと。さらに高倉健主演の映画「あなたへ」が、人生で大切な愛と絆を伝える感動作品だったことも綴った。このほかに日中友好交流などで中国各地を訪れ、見聞したことや気づき、母や友の死から生きることを問い、西国観音巡りなどから感じたことも原稿にした。

投稿することで多くのことを学び知ることになるが、他人が寄せた投稿にも関心が向いて毎朝、新聞の投稿欄に目が行き、内容、住所、氏名、年齢などにも注目する。そこで分かるのは投稿の常連も多いが、60歳前後から80歳までの中高齢者の割合が高いことである。残念なことに若者の投稿は少ない。投稿には県内の能登、金沢、加賀のほか富山県からも見られる。地域のバランスを考慮し掲載されていて、新聞社の配慮と苦心が伺えるのである。

1年を通じ季節や出来事などを特別テーマにして投稿を求めることもある。字数５００字のモーニングサロン欄にも何度か採用された。この欄へ初投稿したのは平成24（２０１２）年12月にその年を振り返ってのもの。「草の根交流で日中友好促進」というタイトルだった。内容は、同年の4月下旬に中国・遼寧省錦州市の２大学の学生日本語弁論大会に出席し、発表者の審査をしたことと、選考した優秀な五人の学生を11月中旬高岡に招き、市民や学生との交流、視察、観光などで日中友好交流を深めたことだった。この年は日中国交正常化40周年の節目の年だったが、９月に反日デモが中国各地で起こり、日中関係が懸念される中での来日で、あらためて草の根交流の大切さを知ったのであった。

原稿を新聞社に提出すると、社の担当者が手を加えて掲載になる。投稿原稿が原案どおり新聞に載るとホッとして胸をなでおろす。苦心する一つが、投稿の内容を読者に伝えるタイトルである。これは12字にまとめることになっているが、なかなか難しく自信がないものは新聞社の判断を仰ぐ。

第1回からの投稿で、特に記憶にとどめたいものを次に取り上げておきたい。投稿して自分の思い、考えを率直に表現できれば生きた証にもなる。今後もその時々に実感し、感動することを書き続けていきたい。「書くことは生きること」だと思うからである。

書くことは生きること　その1（平成21年～23年）

（1）感動と元気の ミュージカル　平成21年5月13日
先日、ミュージカル「サウンドオブミュージック」を観劇した。初めてのミュージカルは、歌、踊り、芝居が一度に観ることができ、全てが感動だった。

特別出演のペギー葉山さんの発声、アリス役の中村香織さんの動きと表情に身を乗り出し注目した。また、「ドレミの歌」「エーデルワイス」が歌われると自然と口ずさんでいた。

この作品は、今最も大切な家族や周囲に対する優しさ、愛、感謝と平和を訴えていることを知った。

終演後、出演者たちとのトークに参加できたよき出会いに感謝している。また、受付で買ったパンフレットは、私の感動を新たにする大切な証となった。

（2）91歳の母逝き 生を自ら問う　平成22年2月14日

先月10日朝、母がこつ然と逝った。船員の父を支え、家を守って頑張り抜いた91年の生涯だった。

思い出されるのは、私の満1歳の誕生を祝う家族全員で撮った写真のことである。20代の若い両親の姿に驚くとともに、自分が古希を前にした年月を思うと、人は確実に老い病んで死に至たることを知る。

40年前の祖母と12年前の父に、今度の母の葬儀の喪主を務めたが、家族の死を通して今をどう生きるか真剣に問うことになった。

通夜、葬儀に多くの人たちにお参りしてもらった仏縁には、心から感謝である。ただただ合掌。

（3）西国33カ所を バスでツアー　平成22年7月15日

今年、母と三人の友を亡くしたこともあって、西国33カ所巡りのバスツアーに参加することにした。ツアーは毎月1回。全9回で日帰りと1泊が入り交じる。門前で合掌し、作法に従って本堂に入る。本尊に向かい、先達と一緒に般若心経などを唱えると、ほっとした気持ちになる。

境内にある季節の花々や緑豊かな樹木に目をやり、小鳥のさえずりに耳をそばだてると自然との共生を感じて自分が再発見できる。

帰路のバスでは、顔見知りとなった参加者同士が、旅を重ねて心が通い合ってきているのがうれしい。観音菩薩とのご縁を大切に、満願の日まで欠かさず参加したい。

（4）古希の草野球 仲間と楽しく　平成22年10月22日

今年から石川県内古希野球チームの一つ金沢ベースボールクラブに所属した。

メンバーはかつてライバルとして対戦した野球好きな仲間たち25人である。

70歳でなお白球を追い、バットを振れるのは、週1回約2時間半の練習で体の動きがよくなったからだ。チームの合言葉「無理せず、楽しく、チームワーク」を全員守っているからでもある。

幸いチームの今期はリーグ戦の成績もよく、長野での全国大会にも優勝できた。シーズン当初肩を痛めた私は、裏方に徹して別の視点で野球ができて収穫も多かった。

今は来春に備えて体のケアをして、再びマウンドに立ちたいとの強い思いでいる。

（5）大河ドラマ江 展開が楽しみ　平成23年1月16日

昨秋、滋賀県・琵琶湖の竹生島に渡る長浜港で今年のNHK大河ドラマ「江」のことを知った。

かねて浅井長政の遺児茶々、初、江には興味を抱いていたので、早速原作を読み、テレビ放映を心待ちにしていた。

第1回の「湖国の姫」では江の誕生にまつわることや織田信長、豊臣秀吉、徳川家康などの武将が登場して、今後のドラマの展開を楽しみにさせてくれた。

私は信長が江に伝えた「己の信じる道をゆけ、人生は思っているより速い」のメッセージに心をひかれる。ドラマの関係地に足を運びもっとストーリーを知りたいと思っている。

（6）日中の友好を 現地で願った　平成23年1月20日

中国各地に囲碁交流に出かけ、多くの見聞を広めてきた。

中でも10年前の弘法大師空海が修行した西安の青龍寺と、昨秋の蘇州郊外の張家港市にある鑑真和上渡海記念の東渡寺を訪れたことは忘れられない。

国が違う二人の高僧は、死を賭して海を渡り、苦難の末、わが国に仏教を広めた。今も1200年の時を超え、人々の信仰のよりどころとなっていることを現地の両寺の案内説明であらためて知った。

日本の歴史や文化、宗教などをたどれば、中国との結び付きが強かったことを思う。日中友好関係が末永く発展し、両国だけでなく世界が平和であることを願わざるを得ない。

（7）まる子ちゃん 大切な絆発信　平成23年2月18日

テレビに「ちびまる子ちゃん」が登場したのは20年ほど前のことだった。

当時子どもたちに遊びを通して健全育成を図る児童会館に勤め、さまざまな行事などを企画実施していたが、人気があったのはまる子の似顔絵描きと、テーマ曲の「おどるポンポコリン」に合わせて踊ることだった。

時を経て今、まる子と友蔵の関係が、孫と自分と重なり、そのころのことが懐かしく思い出され、本紙掲載の四こま漫画を楽しく読んでいる。

掲載の一こま一こまの絵から、まる子と家族、学友、地域の交流と会話などにほのぼのとさせられる。

作者が主人公のまる子を通じて伝えようとしている大切な絆を、関心を持って見続けたい。

晴れた富士山を背景に入れて
(河津桜の旅で)

(8) 桜はまだでも 春の訪れ実感　平成23年3月10日

年を重ねると桜への思いが募り、毎年桜の名所に出かけている。

2月中旬、友を誘い本州の早咲き桜で知られる伊豆河津(静岡県河津町)の桜まつりにバスの旅をした。昨年3月に訪れたときは葉桜だったので、時季を早め出発した。

しかし、今冬の寒さで見ごろは少し先のようだった。それでも各地からの観光客でにぎわう桜の木の下を歩いていると、川べりにナノハナとスイセンを見つけ、確かな春の訪れを実感できた。

岐路、雲一つない雪をいただいた富士山の雄姿を展望できた幸運と、友と元気で桜が眺められた旅の幸せに感謝だった。

(9) あきらめない なでしこ拍手　平成23年8月11日

サッカー女子ワールドカップドイツ大会を連日テレビ観戦し、「なでしこジャパン」を応援した。

強敵の地元ドイツ、スウェーデンを破り、米国との決勝戦では、延長戦終了間際に追いついた後、ＰＫ戦を制し、世界の頂点に立った。この感動は今もよみがえるとともに多くの教訓をもらった。

試合をあきらめないこと。選手と監督・コーチらが一丸となること。たいせつなことを知った。何より東日本大震災の被災者や日本人に元気と勇気を与えてくれた。感謝と拍手を送りたい。

書くことは生きること　その２（平成24年～26年）

（１）貸与のパンダ 東北癒して　平成24年1月25日
40年前、当時３歳の娘を連れて、東京・上野動物園でパンダのカンカンとランランを見物した。この２頭は日中国交正常化を記念して、中国から贈られたパンダだった。その後訪中した際、四川省・成都、江蘇省・溧陽でも、パンダを近くで見物できた。いずれも好物の竹を一心に食べ、園内を歩き回っていた。その愛くるしいしぐさに親しみを感じ、すっかりパンダファンになった。

昨年5月、３・11東日本大震災の被災地を視察した中国・温家宝首相に、被災地の一児童がパンダの貸与を要請する手紙を送り、昨年末の日中首脳会談で温首相が貸与する意向を示した。

阪神大震災の際に、神戸市の王子動物園に貸与された例もあり、できるだけ早くパンダが仙台に来て、東北の人たち、特に子どもたちを元気づけ、癒しになってもらいたいと願う。

（2）高倉健さんの 最新作に感動　平成24年9月8日

関心の高い映画は、年数回見ることにしている。上映開始間もない高倉健さん主演の映画「あなたへ」の観賞に出かけた。

ストーリーは、故郷の平戸（長崎県）の海に散骨してほしいとの亡き妻洋子からの絵手紙が高倉さん演ずる夫の富山刑務所の技術指導官・倉島英二に届くことから始まる。富山から平戸まで1200キロの距離を倉島が車で旅する。その途中の風景や人々との出会いとさまざまな出来事に妻との生前の回想シーンを重ねてシナリオが展開。最終地平戸の光景は印象に残るものだった。

旅での出会いと別れの一期一会と人生の大切な愛と絆を伝えてくれ、私の忘れられない感動の作品となった。

（3）草の根交流で日中友好促進　平成24年12月25日

4月下旬、富山県高岡市の友好都市・中国遼寧省錦州市を訪問した。旅の目的は、NPO法人高岡鳩の会が取り組んでいる錦州市の2大学での日本語弁論大会に出席し、発表者の審査と秋に招く優秀な学生の選考だった。

しかし、9月突然起きた反日デモで訪日が心配された。幸い11月中旬になって五人の学生が富山に到着。関係先の訪問、学生や高岡市民との交流、視察観光などの日程などをこなし、石川県白山市も訪れ、千代女の里俳句館にも親しんで日中友好を深めてもらうことができた。

弁論大会を審査する鳩の会一行

彼らは皆上手に日本語を話し、「日本人の優しさや日本のすぐれた文化などを学び、伝えたい」と思いを語ってくれた。

日中関係が懸念される中、あらためて両国の多様な草の根交流の大切さを痛感し、さらなる友好交流が進展することを願う。

弁論大会を傍聴する学生たち

（4）孫の健診同行 父親の姿なく　平成25年2月23日

先日、長男の妻が仕事だったので、休みだった長男と、孫の3歳児健診に出かけた。母子保健センターに早く着き、孫に絵本を読み聞かせていると受付を開始。子ども連れで訪れるのは、われわれ以外は全て母親で、父親の姿がなかったのが不思議だった。問診、身長・体重の計測、小児科医と歯科医師の診察と進み、栄養相談には長男が立ち会った。その待ち時間に孫の好きな「アンパンマン」の紙芝居を別室で見て楽しんだ。

孫は病院でする注射がなかったのでほっとした様子だった。健診はスムーズに運び、結果説明では孫の健診項目の全てが標準内だった。安心したが、4月からの幼稚園に元気に通い、健やかに成長することを願う1日だった。

（5）白山手取川の 恵みを後世に　平成25年3月10日

早春の手取川の堤防に立つと、千古の雪をいただいた霊峰白山の見事な眺望に出合うことができる。

ここに広がるのは、国の認定を受けた白山手取川ジオパークの光景だ。ジオパークは地質遺産を含む自然の中の公園のことだ。山に降った雪や雨が森を潤し、川となって手取川を流れ、日本海に注ぎ水蒸気から雲となるという水が旅する大自然の循環の営みが根底にある。

旧の1市2町5村が2005年合併した白山市では、山から海の広域エリアにかかるジオパークの遺産をどう後世に残すかが市政の大きなテーマだ。

諸事業の取り組みに期待する一方、近づく北陸新幹線金沢開業を機に多くの人々が訪れる観光誘客にもつなげ、地域振興を図るようジオパークの遺産を広く発信し、施策の充実を願ってやまない。

（6）日章丸と郷土　平成25年4月28日（モーニングサロン）

全国の書店員が現在一番売りたい本の本屋大賞に選ばれた百田尚樹氏の「海賊と呼ばれた男」は、出光興産創業の出光佐三をモデルにした歴史経済小説だ。

この小説に登場する新田辰男船長は、私が住む石川県白山市湊町出身だ。1953（昭和28）年、出光の社運を懸けたイラン石油輸入のため当時日本最大のタンカー日章丸に乗船した。当時のイランは、英国との石油紛争が未解決で、石油開拓に難題も多く、ペルシャ湾などの航行には英国の襲撃や拿捕の危険が伴った。

しかし、新田船長の的確な航海術でイランのアバダン港から川崎港に石油を運ぶことに成功した。この快挙は貧しかった戦後の日本の人々に感動と勇気を与えた。新田船長に憧れて船員を目指す若者も少なくなかった。私の父もその一人で、板子一枚下は地獄の海の生活を身近に知った。

本を読み、60年前の日章丸事件のことからさまざまなことを思い起こさせてくれる。その新田船長は父と同じ地域の共同墓地に静かに眠っている。

(7) 古希の同窓会　平成25年8月25日（モーニングサロン）

古希を機に、中学校の同窓会が石川県小松市の粟津温泉で開かれた。恩師二人を招き、同窓生270人のうち出席者は83人で、米国や関東、関西圏などからの遠来組も10人いた。受け付け後、クラスの男女別に部屋に集まり近況報告が始まっているとまもなく記念撮影の開始。開宴のころには久しぶりの懐かしい顔も確認でき、宴席は酒量よりもそれぞれの話題で盛り上がり、隣室に用意された二次会でもクラスごとにテーブルを囲みさらに語らいの場となった。

私はここで渡し忘れていた26年前の同窓会のスナップ写真を皆に配ったが、当時の写真の中に写る何人もがもういないことに気づくと、時の過ぎる早さと人生のはかなさを実感。物故者は出席者名簿によると40人となっていた。

私の何よりの収穫だったのは、同席できた83歳の恩師から今も元気で世界各地に調査に出かけ、多方面にわたる話をじかに聞けたことと、元気の源である好奇心をもつことの大切さを教えてもらったことだ。

（8）映画「永遠の0」家族愛に感動　平成26年1月10日

作家百田尚樹さんの小説を原作にした映画「永遠の0」を観てきた。ベストセラーとなった本を先に読んでいたので、映像化に大きな関心を抱きながら見た。

映画は、青年佐伯健太郎が祖母の死から、血のつながる祖父宮部久蔵が別にいることを知り、調べることから始まる。かつての戦友を訪ねると、宮部は天才的な操縦技術を持つ零戦パイロットであるが、特攻からの生還に執着する「臆病者」と仲間からさげすまれていた。それは彼が妻と子のもとに生きて帰るとの約束を果たすことにあった。しかし、特攻で死にゆくことになるが、ドラマは意外な展開をみせるのだ。

単なる戦争映画でなく、60年の時を超えて今に語り継ぐべき壮大な家族愛、生きる尊さなどの訴えが伝わってきた。

（9）準Vの星稜に 感動と一体感　平成26年1月20日
全国高校サッカー選手権大会決勝は、石川代表の星稜高校と隣県の富山第一高校との北陸同士の対決となった。テレビで決勝戦の勝負の行方を見守った。

星稜高は前半から試合を優位に進めたが、後半ロスタイムでのPKで追いつかれ、誰もが予想しなかった〝悲劇的〟結果の幕切れとなった。勝利の女神は星稜高にほほ笑まなかったが、各選手の懸命なプレーは見る者に感動を伝えてくれた。

そんなとき、私は1979（昭和54）年8月の全国高校野球選手権大会3回戦、石川代表星稜高と和歌山代表箕島高との名勝負を思い浮かべ、この決勝も高校サッカー史上長く語り継がれるだろうと思った。

今回の星稜高の活躍から多くのことを学べた。夢の頂点に向かって練習を重ねることやスポーツを通じて得る経験やチーム仲間との固い絆などの大切さだが、選手を陰で支えた家族たちの協力と生徒、OB、学校関係者の一体となった応援も忘れられない。

（10）白山ガイドに 取り組みたい　平成26年4月17日
1964（昭和39）年、東海道新幹線が開業し、その後北陸にも新幹線をと北回り新幹線構想が提唱された。

40数年前のことで、私は公務で東北新幹線開業に急ピッチで整備中の仙台駅と盛岡駅視察を思い出す。

以来、国や石川県、各自治体、関係団体の懸命な取り組みで夢が実現し、来春の北陸新幹線金沢開業を心から喜びたい。

わが白山市では、開業で多く訪れる観光客の対応に環白山広域ガイド団体「ウエルカム白山」がガイド養成塾を開講。私も1年間講義と現地研修を受け修了できた。

山麓から平野、海岸線までの広域の白山市の各地には、自然、歴史、文化、信仰など魅力満載だ。国内外からの方々に喜んでもらえるよう観光ボランティアに取り組みたい。

(11) 元気で満願を　平成26年7月6日（モーニングサロン）

四国のお遍路に出掛けて4回目となる。毎回仲間と金沢を夜行バスで出発し、四国の目的地に着いて1泊して帰宅する。

今回は5月下旬、弘法大師が最初に悟りを開いた修行の地、高知県の室戸岬の御厨人窟を訪れ、土佐の九札所を遍路した。その一つ高知市の第三十一番札所五台山竹林寺では、50年に一度の本尊文殊菩薩のご開帳に恵まれた。

その後6月8日から日中友好協会の仲間との中国山西省へ旅をし、平遥の古城巡り、雲崗石窟の石仏見学、仏教の聖地五台山の竹林寺などを参拝することができ不思議な仏縁であった。

かつて西安に旅し、立ち寄った青龍寺は、空海が恵果阿闍梨と出会い蜜教の全てを伝授された寺だ。四国四県の支援が青龍寺がお遍路につながることと日本と中国の二つの竹林寺があって旅ができたことは、今年が「四国霊場開創千二百年」の節目の年だっただけに幸運だった。

現在は、お遍路八十八カ所の半分のところだが、同行二人で無事結願し、元気で高野山で満願を迎えたい。

(12) 入院でお礼と感謝　平成26年8月16日（モーニングサロン）

7月7日夜10時すぎ、自宅のトイレで急に胸が苦しくなった。すぐ妻に救急車を呼んでもらい、最寄りの総合病院に緊急入院した。病院では待機していた医師たちが問診、血圧測定、心電図検査などを順次した結果、心臓に問題が見つかった。その夜は集中治療室で1泊し、次の日からカテーテル治療の準備を開始。その後、ステント施術2カ所を2回に分けて導入し、約4週間の入院となった。

入院では常時酸素マスクを装着し安静保持が求められ、諸検査が24時間定時的に実施されたので、ベッド生活で難儀することが多かった。しかし、日夜懸命に見回って看護してくれた医療スタッフに頭が下がる思いだった。特に患者に接する全看護師たちの「ありがとう」の言葉が忘れられない。患者から学ぼうとする姿勢に感心させられた。入院中見舞ってくれた関係者にはお礼と感謝だ。中でも、親に連れられて病床を訪れた4歳の孫娘から手渡された「じじちゃん、はやくげんきになってね」の激励メッセージは、術後の社会復帰に向けての何よりの〝良薬〟だ。

(13) 同窓会　平成26年11月1日（モーニングサロン）

昭和40年（1965）春、金沢大法文学部を卒業した仲間の同窓会が10月に市内のホテルで開かれ、私も幹事の一人として出席した。当時、キャンパスは金沢市中心部の金沢城内にあった。出席者は40人（卒業生約150人）で、北陸三県以外にも北海道や関東、中京、関西方面から駆け付けた。

記念写真撮影、物故者の黙とう、会長のあいさつの後、4クラス代表のスピーチ。近況報告をはじめ、懐かしい大学生活の思い出、就職した会社での苦労話などが披露され、皆自分の歩んだ人生と重ね、静かに聞き入っていた。

乾杯の後、宴席が盛り上がってくると、自然と全員で大学校歌、応援歌の「南下軍の歌」などを合唱。その姿を見ていると50年前の学都金沢で過ごした青春時代の面影が浮かんできた。二次会でも仲間同士の楽しい時間があっという間に過ぎた。

「また3年後の次回に元気で—」と約束し別れた。北陸新幹線金沢開業でにぎわう金沢を再び見てみたいとの熱い思いが誰からも感じ取れた。

⒁ロケ地にて　平成26年12月10日（モーニングサロン）

４０５本の映画に出演した国民的大スター高倉健さんが逝って、はや１カ月だ。残念ながら映画館に足を運んで見たのは、「単騎、千里を走る。」と「あなたへ」の2作品だけで、今はもっぱら追悼番組の名作を見ている。

単騎千里を走る（麗江市内で）

しかし、忘れられないのは二つの映画を見た次の年にロケ地を訪れることができたことだ。「単騎、千里を走る。」は、中国の名監督チャン・イーモウさんとの友情作品で、舞台は中国雲南省麗江。世界文化遺産の麗江は、歴史的町並みに石畳の道、そこを沿って流れる清流の地。映画化を知ってか多くの観光客が訪れていた。足を止めて土産店に立ち寄ると、中国読みなのか「単騎走る千里」と書かれた看板を目にして、中国国内での話題作の関心の高さを感じた。

もう一つの「あなたへ」に登場する竹田城（兵庫県朝来市）は、すでに映画を見て感動した人々が各地から観光バスでやって来ていた。廃城の山城からは360度周囲の山々が見渡せ、まさに天空の世界だった。ふとそこで映画の演奏シーンが思い浮かび、感激に浸った。

これらの感動の名作はもとより、生きるために多くの大切なことを伝えてくれた、誰からも愛された健さん。ありがとう。合掌。

書くことは生きること　その3（平成27年～29年）

（1）初孫授かった親友の幸願う　平成27年6月26日

過日、長年家族ぐるみでつき合っている親友に待望の初孫が誕生した。たまたま彼の自宅に立ち寄った際、病院を退院して間もない生後1カ月足らずの女児を拝見することができた。子ども好きの私には三人の孫がいる。安らかな眠りから目覚めたかわいい姿を食い入るように眺めた。声をかけると、言葉が分かるかのようでほほえましかった。

おばあちゃんになった彼の妻は、終戦の年に中国の満州奉天（現遼寧省瀋陽市）で生まれ、大変な混乱の中を命からがら引きあげてきて、今日まで生きてきた。自分の命がつながり、ようやく初孫を授かったことに不思議な運を感じているようで、いっぱいの感謝と感激の思いに包まれているように思った。

孫の名は、多くの人たちからの恵みと支えによって、幸せ多い人生を送れることを願って付けられたそうだ。

親友夫妻の祖父母としての孫育ても大変なことでしょうが、頑張って愛情を注がれて、健やかな成長とともに、一家の末永い繁栄を願って彼の家を辞した。

（2）不屈のなでしこ　平成27年7月26日（モーニングサロン）

サッカーの女子ワールドカップ（W杯）カナダ大会を連日テレビで観戦して「なでしこジャパン」を応援した。なでしこは、一次リーグから僅差で勝ち上がり毎試合ニューヒロインが誕生。決勝ではドイツ大会と同じ米国との対戦となった。

試合は序盤から米国の猛攻を受け、日本は4失点を重ね劣勢の展開となったが、2点を返し反撃したものの直後5点目を許して2対5で敗れた。米国は前回の雪辱に燃えて日本攻略の戦略を練り先制攻撃を仕かけ、持てる力を発揮した。日本は安藤梢選手の骨折でチームが一丸となり、懸命に戦った。

私は随所に見られる好プレーに惜しみない拍手を送った。思えば前回大会でなでしこが優勝したが、東日本大震災直後で被災地に、日本に勇気と元気を与えてくれた。今回の準優勝もわれわれに感動と教訓をくれるものだった。

来年はリオ五輪が開かれるが、なでしこがアジア出場枠を獲得し、アテネ五輪以来四大会連続五度目の出場できるよう一段とチームのレベルアップをして、世界の頂点に立てるよう期待している。

（3）敬老のはがき　平成27年10月23日（モーニングサロン）

先日、帰宅すると5歳の孫娘から、今年も敬老の日を祝って、われわれ祖父母宛にかわいいはがきが届いていた。

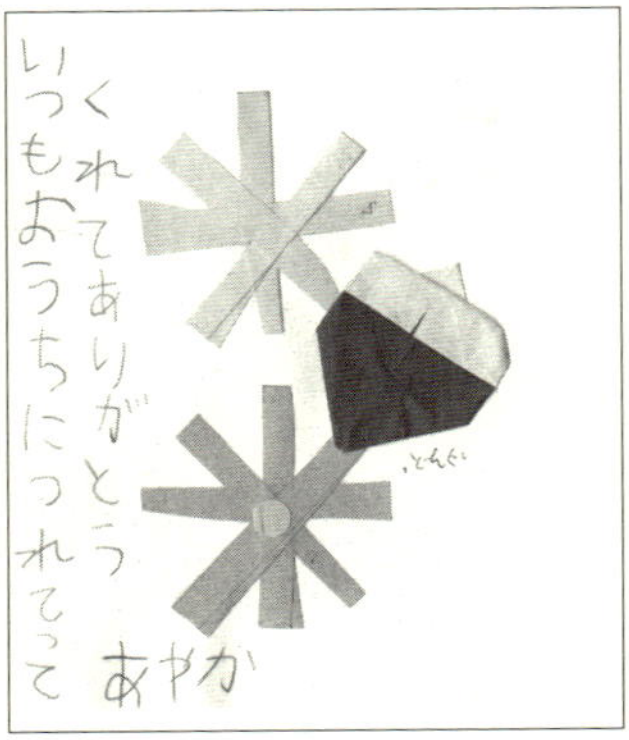

ドングリの色紙
敬老を祝って５歳の絢香から

見てみると、幼稚園の教室ではさみを使って色紙を切り、季節のドングリにわれわれ二人をイメージした2本の木が描かれていた。われわれの周りの余白を使って「いつもいえにきてくれてありがとう」と添え書きも付いていた。

5歳の孫の家族は近郊に住んでいる。時々訪問して話をしたり、遊んだりして触れ合っていることがうれしいのだろうか。子どもなりに素直に感じとってくれているようだ。そのためにも、もうすぐの6歳の誕生日には、出かけていって祝ってやりたいものである。入園したのが昨日のようで、今は年長組。来春はいよいよ小学校入学を迎える。成長の早さに驚かされるばかり。

一方、古希を過ぎ、時間のたつ早さを実感する自分にとっては、妻とともに老いの日々を元気で幸せに暮らすためにも、孫たち家族との絆を強め、触れ合いを大切にして、できるだけ多くの思い出づくりをしたいものだ。

（4）日中友好深め 歌合戦続けて　平成28年4月12日

先日、富山県高岡文化ホールで開催された日本・中国歌合戦に招かれ、歌を聴く機会を得た。歌合戦は、地元のNPO法人高岡鳩の会が「歌は世界の共通語」との合言葉で、毎年3月下旬に主催している。今年で24回を重ねている。

歌のルールは、日本人が中国語で、中国人が日本語で、それぞれ自分の愛唱歌を歌う。国は違っても歌を通して心と心の国際交流を深めるものだ。

しかも2015年度に、高岡市と中国遼寧省錦州市との友好都市提携30周年を迎え、その節目を祝って錦州市からプロ歌手も招待し、歌合戦に花を添えてもらったという。両国の各10余名の出場者は、交互にステージに上がり、審査対象の語学力、歌唱力、表現力を競い合いながら熱唱していた。ホールに詰めていた観客を魅了し、あっという間の4時間に皆満足した。

歌合戦が来年も引き続き開催され、鳩の会の会名に込められた両国と世界が平和友好が末永く深まることを願った。

（5）サブちゃんに 元気もらった　平成28年6月9日

10年ぶりとなる北島三郎金沢公演を楽しみに、金沢歌劇座に出かけた。会場に着くと開演が待ち遠しい県内外から訪れたファンで、入り口から長い列が続いていた。

ステージは金沢ゆかりの曲「加賀の女」に始まり、人生の応援歌の「山」「川」「竹」と続き、サブちゃんの娘婿北山たけしさんとのトークやヒット曲の熱唱で盛り上がった。後半に入ると「北の漁場」「風雪ながれ旅」が歌われ、2階の最前列にいた私は、身を乗り出して曲に合わせてリズムをとり声援を送った。

最後の曲「まつり」が披露されると、会場は最高潮に達した。ふと横の席を見ると、年老いた母親連れで見に来ていた娘さんが「お母さん、今日の感動を忘れないでね」と何度も話しかけていた。

観客の多くは私と同年代の人たちで、サブちゃんのプロ歌手55年の歌に生きた時代のさまざまなことを重ね、元気をもらっていたすばらしい公演であった。

（6）バングラデシュでの使命　平成28年7月24日（モーニングサロン）

1日夜、バングラデシュの首都ダッカで起きた人質テロは、日本人七人を含む民間人20人の尊い命を一瞬に奪った許せない犯罪である。

私には20年前、金沢大学で学ぶバングラデシュ出身の留学生夫婦との出会いがあった。彼らをサポートしたことで、帰国後に祖国での学校づくりにつながり三度ダッカを訪れて現地の実情を知ることになった。

バングラデシュは、面積が日本の約4割で、人口が1億6000万人の農業国。国民のほとんどがイスラム教徒である。近年経済発展が著しいので、仕事を求めて田舎から首都に集まる人が多く、超過密都市となっている。特に都心部は激しい交通渋滞で、車の騒音と排気ガスで環境が悪化している。

犠牲となった日本人は、この国の現状を憂い、熱い思いと強い意志でインフラ整備・開発に汗を流した企業人であった。しかしテロの実行犯は、そうした日本人の使命を理解することなく、イスラム教徒でないことで銃をむけ、殺害した。

亡くなった日本人七人の冥福を祈るとともに、世界各地で起きている過激なイスラム国（IS）のテロが再びアジアの地で発生しないことを心から願う。

（7）元気な孫に安心　平成28年9月18日（モーニングサロン）

夏休みが終わって新学期がスタートした1日、4月に新1年生となった女児の孫が住む金沢近郊の家に、久しぶりに立ち寄った。

ちょうど下校時間帯と重なったので、家の前で帰宅する孫を待つことにした。しばらくすると、建ち並ぶアパートの間の道路を大声で話しながら歩いてくる四人の児童の姿を発見。その中に水泳で日焼けした孫を見つけ、元気な表情に一安心した。

友達はわが家で一休み。孫の母が、熱中症予防のためにと用意してくれた冷茶をうまそうに飲んで、間もなく喜んで帰っていった。

これらの様子を一部始終見ていると、2学期が始まると不登校や自殺などの不幸な出来事が多発するような心配はないように思った。

しかし、毎日の通学道路の途中には、電車の踏み切りや交通量の多い交差点などがあり、多少気がかりだ。

孫が、登下校の交通安全に気を付け、学校生活に慣れて、いい友達をたくさんつくれるように、健やかに成長するように願った。

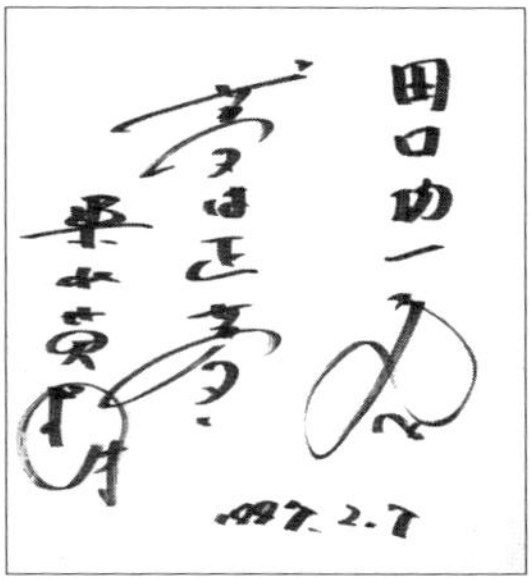

栗山監督の「夢は正夢」

（8）多年の夢実現 栗山監督見事　平成28年11月13日

今年のプロ野球日本一に輝いたのは、日本ハム。セ・リーグの覇者広島に2連敗の後、地元で3連勝した勢いで見事逆転優勝した。

日本シリーズをテレビ観戦して思ったことは、大谷翔平選手ら若手の能力を引き出し、さえた戦術でチームを指揮した栗山英樹監督の手腕である。

私には20年ほど前に忘れられない栗山監督との出会いがある。当時、優れた野球解説者として注目され、毎年2月に金沢市で開かれるフードピアの講師として来沢した。宴席を共にして楽しいトークを聞き、終わりごろ、色紙にサインを求めた。気軽に応じてくれたのが「夢は正夢」だった。今プロ野球の頂点に立った氏の胸中をおもんぱかると、多年の夢が実現したことを実感する。

言葉は、スポーツ界はもとより各分野で活躍する若い世代が頑張れば、いつかは夢がかなうことを教えてくれる金言として、心にとめておきたい。

（9）日章丸の快挙 地元の語り草　平成29年1月5日

百田尚樹さんの小説をもとにした映画「海賊とよばれた男」が完成した。原作を読んでいたので、映画館に足を運んだ。

映画は出光興産創業の出光佐三氏が、激動の95年を生きて、多くの苦難を乗り越え石油業界の一大事業をなす物語。「永遠の0」に続いて監督の山崎貴さん、主演岡田准一さんのコンビに脇役にも人気俳優が多く出演。熱く胸を打つ作品となっていた。社長を岡田さんが演じ、難局に対し大胆な発想と行動を発揮するシーンが随所に見られた。

中でも日章丸事件（映画では日承丸）のことは忘れられない。新田辰男船長が旧美川町湊に住んでいて記憶していたからだ。新田船長が会社の危機に直面し、社長の極秘の命を受け、的確な航海術で無事イラン石油の開拓に成功した。

この快挙は、船員の町と知られた当地の語り草となっている。63年前のことなので、いつしか事件を知る人も少なく、映画で記憶を確かめたいものである。

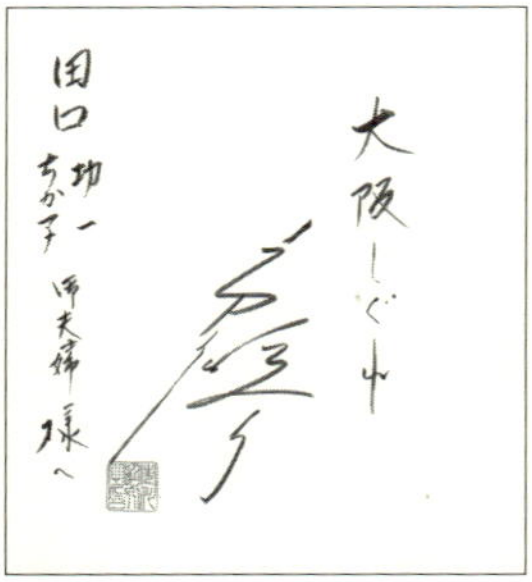

市川昭介さんのサイン「大阪しぐれ」

（10）心境にピタリ「大阪しぐれ」　テーマ特集（私の歌謡曲）
平成29年3月22日

「大阪しぐれ」はマイヒストリーにまつわる忘れられない特別の歌である。

25年前の秋、妻が乳がんを発症し、2カ月近い入院、手術となった。その時一番心配したことは、万一父子家庭になった場合の長女の結婚。「ひとりで生きてくなんてできないと」で始まる歌詞は、当時の私の率直な心境がこめられているようだった。それに長女が中学生のころに自宅のオルガンでこの曲を弾いて二人で歌ったことも、この歌への思いを強くした。

順調に回復した3年後、歌を作曲した市川昭介さんがフードピア金沢の講師として来沢。またとない機会と元気になった妻を誘って出かけた。宴席は盛り上がり市川さんは参加者一人ひとりに酒をついでくれた。記念写真やサインにも応じ、大阪しぐれと添え書きをしてくれて感激した。まさに人生に歌があると実感した。

（11）死を見つめる　平成29年5月16日（モーニングサロン）

5月の連休を前にして、同級生を含む身近な三人が立て続けに亡くなった。通夜に参列して読経に続き、正信偈を一同で唱和し、亡き人をしのんだ。次いで三人それぞれ違う僧侶の法話があった。

その中の一人が語ったのは、偶然私の中学時代に美術の担任だった先生のこと。幼いわが子を突然病気で亡くし深い悲しみにくれていた話だった。しかし子どもは祖母から教えられた

「南無阿弥陀仏」を一心に唱えて逝ったので、救われたとのことだった。

先生は今では故人だが、60年前に校内で話題になったことが記憶の中にかすかによみがえった、法話に不思議と仏縁を感じるありがたい機会だった。

法話を終え、僧侶が退席する際に話の内容をまとめた紙を喪主に渡していた。通夜の席の僧侶の行き届いた気配りと推察した。

人は年を重ねると、過ぎ去った時の早さを実感する一方、残された人生が少なくなっていることに気づく。身近な人の死を通して「自分の死」を見つめたいものである。

10、S君の通夜

年の瀬間近の平成24年（2012）12月21日の朝、何気なく新聞を広げてお悔やみ欄に目を通していると、中学3年間クラスが一緒だったS君の死亡が載っていた。

彼とは久しく会っていなかったが、10数年間、闘病生活を送って体調が思わしくないことを聞いていた。知人の葬儀に出ていた彼が「余命半年なんや」と淡々と告げていたことも思い出したが、突然の訃報に驚いた。

早速通夜に向かうため、小松のセレモニーホールに車を走らせた。葬儀会場はビルの2階に設けられ、1階エレベーター前には通夜に参列する人々を出迎える、60代の彼の写真が飾られていた。微笑んだ顔は、闘病生活を送ったとは思えない穏やかなもので、しばし黙祷しエレベーターに乗った。

2階の祭壇に進み静かに焼香し、次いで喪主である奥さんにお悔やみ申し上げ、参列者席の最後尾に座った。会場を見わたすと、中学の卒業生仲間が何人も詰めかけ、その一人のT君と顔を合わせ、手招きして彼を呼び隣同士に席を一緒した。

通夜の開式時刻の前、久しぶりのT君と、S君の近況などを話し合うことになったが、彼は中学のころから身長、体重とも私より上回り頑強だった。T君とは多くを語らず、静かに在り日のS君の面影を偲ぶことにした。

思い起こすのは、昭和30年（1955）4月に入学した60年近い前の中学時代のことだった。校舎は木造で、周囲は松林や砂場が多くあって自然環境に恵まれていた。1年に入学すると、休み時間にS君とよく教室内で相撲をとった。相撲に自信があった私は彼と組み合うと、技の掛け合いになって互角の勝負。彼の得意技は豪快な上手投げで、何度も苦杯をなめたことが懐かしい。そのころのスポーツと言えば、野球、バスケットボールとバレーボールに相撲ぐらいのもので、私は野球部に籍を置き、彼は相撲部だった。

中学を卒業した彼は金沢に就職後、関西の料理割烹店で修業し、金沢に戻り森本地区に寿司店を開業した。金沢市役所に勤めていた私は、同級生との忘年会などに何度か店を訪れ、彼の得意だったふぐ料理に舌つづみを打った。その後、店が北陸新幹線の用地買収にかかり美川へ移転した。

通夜では親族を代表して、弟が挨拶し檀家寺の浄願寺住職の法話にしんみりと聞き入った。生来器用で、朗らかで人懐っこい彼の人柄が偲ばれた。享年70歳の彼の死は惜しみて余りあるものだと心からご冥福を祈った。

浄願寺の住職とは、友の死から親しくなって寺通いをすることになり、浄土真宗の法話、報恩講、近県の寺見学、入棺体験など、開かれた寺づくりをする行事に通うことになった。S君からいただいた仏縁を今も不思議に思うのである。

11、我が家の十大ニュース

年末近くになると、新聞各社は一斉にその年の国内外の十大ニュースを発表する。私もそれにならって、時代が平成になったころから我が家で起こった十大ニュースをまとめるようになった。

ノートの記録を見てみると在職時の平成3年（1991）、5年、7年、9年と隔年に記憶の残る出来事が多かった。割と平穏に推移した年もあったときは、ベストテンの順位付けするのに苦心したが、1年間平穏無事であったことを喜ぶことにした。特に、うれしい慶事ごとが1つや2つ入っているとホッと安心する。

次に、平成7年以降で印象深い5年だけを取り上げ、十大ニュースのベスト5を記すことにする。

元町保健所に人事異動した平成7年（1995）は、①長女裕巳が阿蘇悌司と結婚、②自宅のボヤ、③初孫小百合の誕生、④バングラデシュ出身の金大生サイヤド氏夫妻との出会い、⑤プロ野球観戦で知りあった埼玉県の大谷氏との交情であった。

元町保健所最後の年の平成9年(1997)は、①父の死と葬儀、②妻の母の死去、③恩師六反田先生との別れ、④元町福祉保健センター改修事業の取り組み、⑤阿蘇一家が山口県防府へ引っ越しだった。

定年退職後の平成19年(2007)は、①長男善朗の結婚、②脳梗塞で緊急入院、③妻に大腸がん発症、④母が心臓病で入院、⑤美川町政史完結編の執筆。

平成22年(2010)は、①母の死と同級生七人の死去、②西国観音霊場のバスの旅、③武宮正樹九段との中国囲碁の旅、④日中友好協会創立60周年記念の中国上海・北京の旅、⑤古希野球全国大会で優勝だった。

平成23年(2011)は、①善朗野々市で自宅新築、②3・11東日本大震災1週間後のベトナム囲碁交流の旅、③四国八十八カ所お遍路の旅、④金沢にて日中韓囲碁交流大会開催、⑤金沢市と白山市の中国姉妹都市訪問の旅となった。

平成7年と平成9年の2年は在職中のことで、その後の平成19年、22年、23年は、60歳に定年退職してから5年以上が経過していた。この間約15年の年月が過ぎたことで、人生にいろいろと気づくことが多かったのである。

取り上げたニュースを見ると、長女と長男の結婚に、孫の誕生の慶事や自宅の新築に引っ越しのほか、自宅のボヤ騒ぎもあった。大難に至らず小難だったことは幸運だったと思えてならない。それに対して平成9年（1997）の父、義母、恩師の死に13年後には母と同級生七人を亡くしたことは、西国観音霊場巡りと四国のお遍路の旅へ出かけるきっかけとなった。また、平成19年（2007）に自分の脳梗塞での緊急入院、妻の大腸がんの発症、母の心臓病での入院治療と続いたことで、仏教でいう病苦、死苦、愛別離苦の四苦八苦がいつしか我が身辺に数多く訪れてくる、そんな年齢になったようだ。

十大ニュースからも人生に旅と出会いがあることを知るのであった。国際囲碁交流と日中友好協会などの中国の旅の回数を重ねたことで、見聞が広まり新たな発見につながった。関心と好奇心と感動の3Kは、今の私が大切にすることである。美空ひばりの名曲「川の流れのように」の歌詞の一節に「生きることは旅すること」とあるが、旅することが確かにこの3Kを私に与えてくれているようだ。生きている限り旅を続けたいものである。

十大ニュースを書き留めておけば、我が家の歴史を振り返ることができ、自分史などをつくるときの参考になる。そればかりでなく、子孫に伝える貴重な資料にもなると思う。これからもずっと十大ニュースをまとめ書きつづりたいと思っている。

冬の章

1、死にかけたこと

20代の若いころから今まで、私はけが、病気で10回の入院体験をしてきた。幸い治療が順調にいって退院し社会復帰できた。というのは、これらの中に突然の脳梗塞と心筋梗塞で二度の救急搬送が含まれている。平成19年（2007）と平成26年（2014）のことだが、幸い自宅にいた妻が早期発見し、機転の効いた処置で助かった。少しでも遅れていれば確実に死へ向かっていただろう。

海外旅行の途中の体調不良も生死にかかわることだった。一つは台湾囲碁の旅の最中で、地下レストランで昼食していたときだった。狭い室内は用意された火鍋料理で空気がよどみ、ぜんそくの持病がある私は、呼吸不全から突然めまいを起こした。すぐに通訳に付き添われ、総合病院に駆け込んだ。病院では日本語が通用せず、病状なども分かってもらえなかった。そのまま異国の地で死んでしまうのではないかと不安で一杯だった。幸いホテルで小康状態を得たものの、「帰国できるのか」「帰国の機内で体調が悪化するのではないか」などと悶々としていた。台北で呼吸困難を起こしたのは平成10年（1998）のことになる。

ぜんそくで突然発作を起こしたのは、昭和60年（1985）8月12日。日航機が群馬県の御巣鷹山に墜落した日である。前日、町内の納税組合総会で粟津温泉に宿泊し、宴会のカラオケなど唄ってほこりの舞う部屋で過ごしたことが引金となった。以来、ぜんそく体質をかかえて季節の変わり目など苦しい思いをしてきている。

二つは、中国山西省の平遥古城、五台山、雲崗石窟などを観光した後のこと。上海国際空港に着き出口近くに来ると、足が動かなくなって立ちすくんだ。同行の清水さんが荷物運搬用の車に私を乗せてくれ、その夜は空港横のホテルで1泊。翌日、そこから空港チェックインカウンターに向かい、搭乗手続きに入った。体調が思わしくない私は車いすに乗り、空港担当職員に押されて特別出口から機内に入った。何とか小松空港に着いたが、前述の心筋梗塞で公立松任石川中央病院に入院となるとは、中国では分からなかったことだった。出国手続窓口で症状が出て出国にストップがかかっていれば、台湾と同じように現地の病院に送られていたに違いない。異国の旅で病気やけがが発生することをあらかじめ想定し、万全の行動を考えておきたいものだ。

車の事故でのことが二つある。一つは高速道路の居眠り運転である。富山方面から北陸自動車道を車で走らせ、美川インター近くに来て急に眠気を催した。車はひとりでに右の中央分離帯のガードレールに向かい、間一髪でハンドルを左に切った。１、２秒のことだったと思うが助かった。後続車も来ていなかったという幸運もあった。不思議でならない。平成24年（2012）の夜のことだったが、その後の車の運転には、スピード厳守と疲労運転のないように心がけている。

もう一つは、平成30年（2018）1月13日の夕方、前々日の降雪で車が立ち往生したことである。場所は自宅から2キロと遠くない手取川左岸の堤防。軽自動車で川の上流からの道路を走り、途中の北陸新幹線の手取川高架橋工事現場から河口に向かう第二手取大橋建設現場を過ぎた辺りだった。

7年ぶりの25センチ近い積雪で轍《わだち》にはまってしまい、エンジンをかけアクセルを踏んで前進しようとしても動かなかった。車を放置して近くにある自衛隊の官舎に助けを求めて駆け込もうとした。しかし、車の外は横殴りの雪に氷点下の外気で、寒さに弱い体質の私は雪道を歩き出すのに躊躇した。しかも連絡をとる携帯電話は、運悪く電源切れの不通状態となっていた。

動かない車内で15分経ったころ、車の後ろにライトをつけた普通車がやって来て、車を降りた若者が近づき、除雪に協力してくれた。しかし、車は前進せず、彼の車で自宅まで送ってもらった。彼がやって来る前に車から出て官舎に向かっていたら、凍死は免れなかったと思っている。まさに地獄に仏に会い命拾いした。普段通る道で海岸からも遠くない場所であったので、積雪量も大したことないとの甘い判断は、雪道の恐怖体験となった。死はいつどこにもあることを気づかされた。

紙一重で人の生死が分かれる。私の死にかけたことは、何であったかとつくづく思ってみるが、地震、洪水、火事などの災害、災難に事故、病気などの死に対して、普段から自分で備えて安全・安心に心がけておくのが肝要である。

2、終活本番

最近よく耳にする言葉に、就活、婚活、脳活、終活がある。これらは生きた人生の節目に取り組む大切な活動だと思っている。就職の就活と結婚の婚活は若い世代に関するのに対して、脳活と終活は我々年齢を重ねた中高齢者に対することである。

人は高齢になると、記憶力が低下し、判断力も鈍ることは致し方ない。そのことで現われる認知症は、近年ますます深刻な社会問題となっている。脳をきたえるトレーニングの脳活は普段から行っておきたいものだ。

一方、終活は人生の終い支度をすることで、断捨離とエンディングノートづくりが主な内容になる。断捨離は漢字3文字に込められた「断つ、捨てる、離れる」で、無意味で不要なことを断ち、溜め込んで役に立たない物を捨てる。そういった一定の関係から距離を置き離れることであると思うが、断捨離することで年々身軽になることがいいようだ。エンディングノートづくりは、逝く人が家族などに対して最期のときのために知らせておくことで、葬儀やお墓のことをはじめ、遺産と相続、自分史、家族の情報、医療・介護、連絡リストなどを書き残すこ

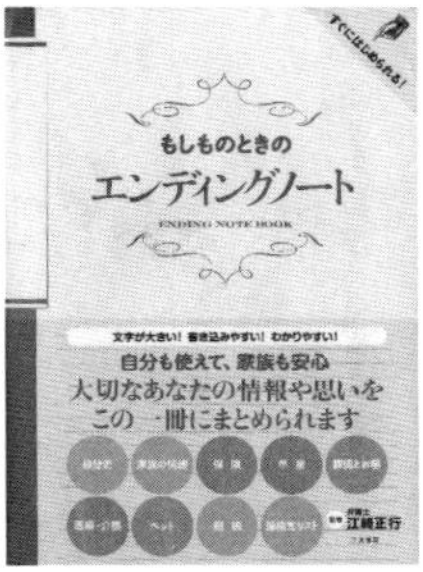

エンディングノート

とである。

私の場合は、２冊のエンディングノートにまとめてあるが、断捨離はなかなかはかどらない。最近、次の三つのことで、さらに終活を急ぎたいとの思いを強くした。

一つは、市役所に同期就職したT君が平成29年（２０１７）7月31日に忽然と亡くなったことである。体調の優れないことは聞いていたが、検査入院してわずかでこの世を去り、そのことを聞いたのは1カ月を過ぎてからのことだった。すぐに〝心友〟二人と自宅に伺い、遺影にお参りし、奥様にお悔やみを申し上げた。

T君には在職中の38年、仕事上のことはもちろん一身上の悩みなど親身になって相談に乗ってもらった。家族ぐるみの付き合いもあって、かけがいのない彼を失ったことは惜しみて余りある。と同時に、世のはかなさを痛切に思い知らされた。

二つは、昭和40年（１９６５）３月に金沢大学法文学部を卒業した同窓会（40会）の３年ぶりの開催でのことである。平成29年（２０１７）11月９日、山代温泉ゆのくに天祥で卒業生約１８０名中37名が参加し、同窓会が開かれた。開宴に先立ち記念写真撮影をし、全員で物故者を追悼、黙とうをささげた。

３年間で４クラス６名の亡き友が報告されたが、私の３クラスは半分の３名を占めていた。

この三人の中に前回出席していた名古屋市出身のT君に、8月16日に永眠した地元のT君が含まれ、二人とは今でも年賀状のやり取りをしている仲だった。また、事務局に届いた出欠返信用はがきの通信欄を見てみると、何人もが体調不良で欠席との知らせだった。75歳を過ぎると確実に病との付き合いが始まり、死が訪れていることを知った。

三つは、人の死でなく晩秋の落葉の様子のことである。平成28年（2016）の秋、11月中旬の小春日、いつものゴルフ仲間四人で家から近い白山CC松風コースに来ていた。インコース16番のティーグラウンドに立ち素振りをしていたとき、突然吹いてきた風に左そばの木々の枯葉が一勢に触れ合うように散っていった。ザワザワと大きく聞こえる音を立てていた枯葉の様子にしばし見とれてしまった。枯葉も人と同じく、この世を去るのを嘆き悲しむように音を立てているように思えた。

この3つの出来事は秋から冬に来た75歳の体験だったが、終活がいよいよ本番であることを教えてくれるように思えてならなかった。

3、後生の一大事

浄土真宗の開祖・親鸞聖人は、「どんな人も本当の幸福に対するたった一本の道がある」と教えた。下克上と飢饉が続く室町時代を生きた浄土真宗中興の祖・蓮如上人は、そんな浄土真宗開祖・親鸞聖人の教えを分かりやすい手紙にして布教した。

その一つである白骨の御文章（御文）は、「それ、人間の浮生なる相をつらつら観ずるに、凡そはかなきものは、この世の始中終、幻の如くなる一期なり。」で書き始められよく知られている。

このことで私が思い出すのは、70年前の幼いころに浄土真宗の門徒だった信仰心の篤い祖母に連れられ、美川のお寺参りに出かけたことだ。報恩講か何かで聞いた法話の中で、「無常の風来たりぬれば、たちまち二つの眼が閉じて…」の無常の風のことが、子どもも心に強く恐怖感を抱かせ、その後もずっと脳裏から離れなかった。

> **蓮如上人**
>
> 白骨の章
>
> それ、人間の浮生なる相をつらつら観ずるに、凡そはかなきものは、この世の始中終、幻の如くなる一期なり。
> されば未だ万歳の人身を受けたりという事を聞かず。一生過ぎ易し。今に至りて、誰か百年の形体を保つべきや。我や先、人や先、今日とも知らず、明日とも知らず、おくれ先だつ人は、本の雫・末の露よりも繁しといえり。
> されば、朝には紅顔ありて、夕には白骨となれる身なり。既に無常の風来りぬれば、すなわち二の眼たちまちに閉じ、一の息ながく絶えぬれば、紅顔むなしく変じて桃李の装を失いぬるときは、六親・眷属集りて歎き悲しめども、更にその甲斐あるべからず。
> さてしもあるべき事ならねばとて、野外に送りて夜半の煙と為し果てぬれば、ただ白骨のみぞ残れり。あわれというも中々おろかなり。されば、人間のはかなき事は老少不定のさかいなれば、誰の人も、はやく後生の一大事を心にかけて、阿弥陀仏を深くたのみまいらせて、念仏申すべきものなり。
>
> あなかしこ　あなかしこ
>
> （『御文章』五帖目十六通）

御文

今生きている我々は、地震、津波、火事、交通事故、心臓麻痺、凶悪事件などに見舞われ、一瞬のうちに死んでしまう儚いものである。身近に起きた阪神・淡路大震災や東日本大震災、地下鉄サリン事件など例を挙げればよく分かる。しかも私にも死にかけたことが何度もあってそのことを痛感している。

この白骨の御文の最後の方に「後生の一大事」のことがいわれている。「後生」とは、人の誰もが行く来世、死後のことである。では死ねばどうなるか、はっきりしない真暗がりである。不安で苦しいことである。仏教では、この不安と苦しみを解決することを「救われた」という。阿弥陀仏の本願一つにあるという。そこで発せられる言葉が「南無阿弥陀仏」の念仏だが、「阿弥陀仏に南無（おまかせ）します」との深い意味がある。

そこで思うことは、平成29年（2017）5月16日付のモーニングサロンの投稿（203ページ）で、タイトル「死を見つめる」に書いた。内容は通夜の席で僧侶が語った法話である。幼いわが子を突然病気で亡くした私の中学時代の恩師が、子どもが一心に「南無阿弥陀仏」と唱えて逝ったことに、親として救われたことを投稿として書きとめておきたかったのだ。

これは何もこの世の生き方をないがしろにして来世の浄土に往生することを願うと言っているのではない。俗世にあって本当の自分に目覚め、その自分に与えられた人生を大切にし、人との出会いを「一期一会」の気持ちでいることである。その自分がいる場所が「浄土」であり、その浄土に生かされている自分を喜んで生きていくことを「往生」というもので、平生業成が大切であると思っている。そこで発せられる言葉が「南無阿弥陀仏」の念仏だが、「おかげさま、ありがたい、もったいない」そして「阿弥陀仏におまかせします」との深い意味がある。

人はいつ、どこで死ぬか分からない「一寸先は闇」の時代に生きている。これを知らずに、いつまでも生きていられるかのように思っている人が何と多いことかと思う。我々は常に後生の一大事を心がけ、いつ別れ、死んでもよいとの覚悟を持って生きたいものである。

人生かるた

70年余の人生を振り返ってみると、多くの出会いがあった。その一つに「言葉との出会い」がある。

ぜひ伝えておきたいと「いろはかるた」にしてみた。それは日常の何気ない俗諺から年齢を重ねて関心を寄せた仏教の高僧の名言・名句、中国の漢詩の一節や論語、趣味である囲碁の格言、人から教わった教訓、応募して採用になった標語などが主な内容になる。

「あ」から始まり「わ」で終わる44札のかるたの言葉は、どれも私独自の体験から取り上げたものであるが、だれかの生きるヒントとなってもらえればと思っている。

「あ」　明日ありと　思う心の　あだ桜　夜半に嵐の　吹かぬものかは

浄土真宗の開祖親鸞聖人が、9歳で出家したときに詠んだ歌である。

時代は平安時代末期の明日は知れない混乱の日々、聖人が仏門に入ったことはごく自然なことだとうなずける。

当時から約840年経た今、そのころと平均寿命を比べると倍ほど伸びて、現代人は明日もまだ命があるかのように思っている。しかし、そうではないのである。諸行無常、無常迅速、老少不定は世の常なのである。命が明日も続くかのように考える人間の姿は、まさにあだ桜のように儚く散るものだと親鸞は教えてくれる。

親鸞が法然と出会い、北陸、関東などの各地に浄土真宗を広め、90歳まで生きたこととこの言葉には、ただただすごいと驚くばかりである。

文中にある明日、あり、あだ桜、嵐、の四つの言葉に始まる発音の「あ」は、私には何かと心地よく聞こえる。かるたのいの一番の「あ」にはこの歌を取り上げる。

「い」 いつまでも　あると思うな　親と金

俗諺として広く世間に伝わって、真実を言い当てている言葉だと心に留めておきたい。

だれもが子どもから大人になって齢を重ねていくと、いつしか親が亡くなっていることに驚くと同時に、親が元気なうちに孝行しておかなかったことを後悔する。

いつまでもあると思っていたお金も詐欺や盗難、ギャンブルなどで失うケースも少なくない。浪費はいただけないが、ひたすら子孫のためにと金を貯め込むのもよくないようだ。

なお、親は命のことで金は時のことであると置き換えてみると、ともに人生で大切なものであるが、いつまでもなく失いやすいものだと分かる。

「う」　裏を見せ　表を見せて散る紅葉

紅葉前線が南下して秋が深まると、近郊の山々の木々は一段と紅葉が進み我々の目を楽しませてくれる。しかし、しばらくして風が吹いてくると晩秋の紅葉がはらはらと散ってゆき、見ごろはあっという間である。

子どもとてまりをついて遊んでいた良寛さんには、紅葉が1枚1枚表と裏を見せながら地上に落下するさまが、末期を迎えた人間の姿に似ていると映ったのであろう。何気ない自然の様子に目がゆく禅宗の名僧の名句だと思う。

「え」　笑顔　挨拶　感謝

三人の孫のうち1番下の孫が成長して3歳を過ぎたころ、私は彼女に将来生きていくための大切にしてほしい三つの漢字を教えた。だれにでもニコニコできる「笑顔」、こんにちはなどと人に話しかける「挨拶」、素直にありがとうと言える「感謝」だった。

このとき孫の母親は、相手の目を見て話すことも付け加えた。これらの大事な言葉を忘れなかった孫は、6歳になった夏の東京2泊3日の旅で、タクシーや飛行機を降りる際に運転手と

キャビンアテンダントに「サンキュー」と気軽に声をかけ、感謝の言葉を伝えてくれた。

「お」　親が死に　子が死に　孫が死ぬ

親、子、孫と死ぬことを聞くと何か不幸なことだととらえるが、この言葉は親が死んで、次に自分が亡くなり子と孫が順に逝けば、逆縁でないので幸せなことだと一休さんが詠じたのである。

自分が老いると両親はいつしかこの世を去って、そのうち自分か配偶者が亡くなる。この後は子、孫と続くことは、人は生まれたからには死はまぬがれないので、自然なことである。いずれ訪れる死をどうとらえて生きるか、しっかりと死生観を持ちたいものだ。

「か」　金と痰つぼは溜まれば溜まるほど汚くなる

人から見て溜まって汚くなるものに、金と痰つぼを卑近な例として取りあげた俗諺である。この言葉を初めて知人の話から聞いたとき、的を射たなるほどとうなずける名言だと思った。お金は生きるために必要なものだが、貯め込んでばかりで金を有効に使うことを知らないと金に執着してしまい、金の亡者になって他人から毛嫌いされる。

痰つぼは、戦後結核が死亡率のトップを占めていたころに見た記憶があるが、今ではティッシュペーパーに代わって痰が吐かれる。約半世紀前から今に伝わる金に対する教訓として心に留めて置きたい。

「き」　氣は長く　腹立てず　心まるければ　命ながらえる

京都に旅して禅宗の寺を訪れると、土産品として手ぬぐいにこの言葉が書かれて売られていた。漢字の「氣」、「腹」、「心」、「命」をよく見ると、「氣」は縦に長く、「腹」は横にして、「心」は丸くして、「命」はう～んと縦長に書かれていた。

味わい深い言葉を漢字にしておもしろく書いてあったので買い、家の部屋に張って時々眺め、

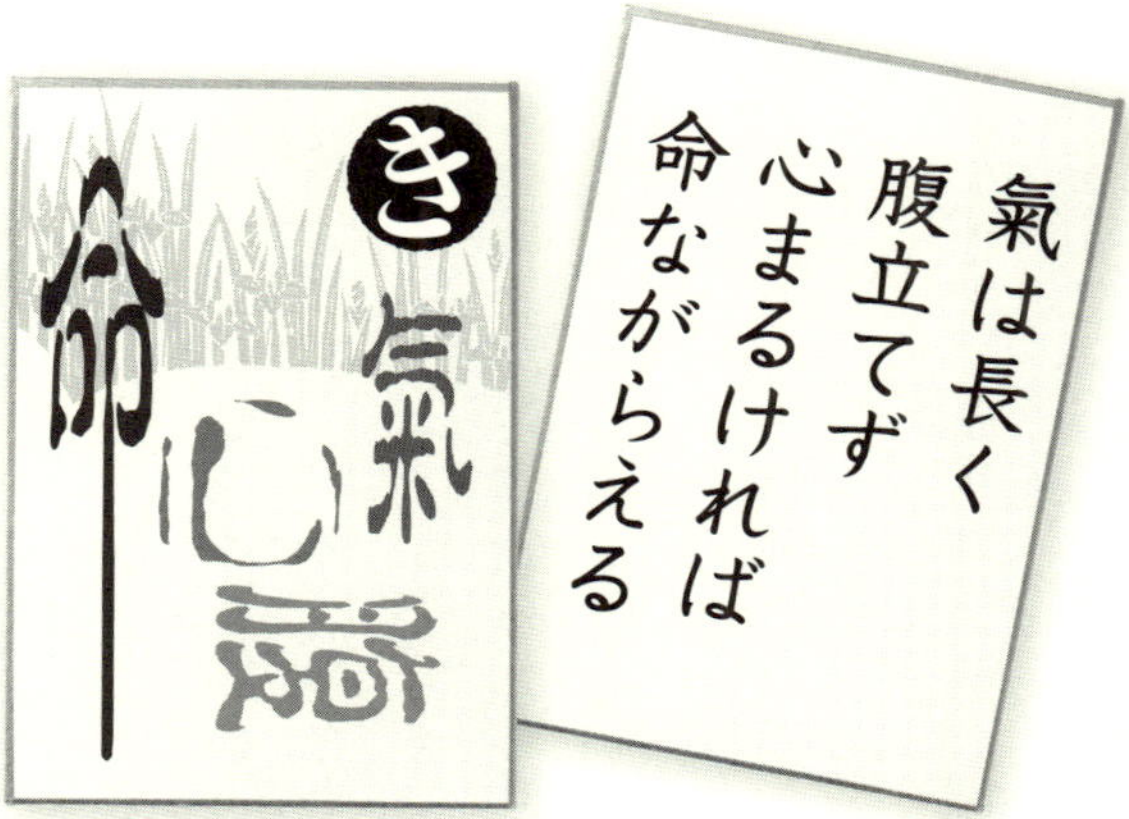
氣は長く
腹立てず
心まるければ
命ながらえる
き
氣
心
命

我が身の戒めにしている。

長命を維持するには、心と体が健全でなければならない。現在はストレス社会であるので、プンプンと腹を立てず気長にして、心はいつも丸く穏やかでありたい。

「く」　比べない　人は人　我は我

最近、よく近郊の温泉に出かけるが、早い時間帯では高齢者の入浴客が多い。つい他人の裸の姿に目がいって自分と比べてみる。しかし、皆歳相応の似たような体形である。

若いときは他人のことが気になってよく比べていたものだ。それは外面の容姿、容貌や内面の考えに能力などであった。現代が競争社会であるから当然のことだとも思ってみる。

定年を過ぎたころから不思議と他人のことが気にならないようになった。今では人は人、我は我で、自分の生き方で、「行雲流水」の心境を懐くようにしている。

「け」 健康は自分で守る

金沢市民が自らの健康を守る趣旨で、自主組織の「金沢健康を守る市民の会」が誕生したのは、昭和54年（1979）4月の人事異動で衛生課に変わったころのことだった。守る会は住民健診の実施、健康教育の普及、健康講座の開催などに取り組み、今も存続し息の長い活動をしている。会に関わって多くのことを学んで、予防の大切さを痛感した。歳を重ねると体調不良やさまざまな病気を発症する。私自身、これまで10回の入院歴があるが、「予防にまさる治療なし」をモットーにしている。そして人生を過ごすには、一に健康、二に生きがい、三に多少の貯えの考えを大切にしたい。

「こ」 好奇心と恋心

平成6年（1994）5月、美川町出身で大正時代に活躍した作家・島田清次郎を顕彰する目的で島清恋愛文学賞が創設された。選考委員長は渡辺淳一氏で、毎年受賞者を選考するための地元推薦委員として私も11年間関わってきた。

渡辺氏は、昭和45年（1970）の直木賞受賞作家で、我が国の恋愛文学の第一者であった。秋の表彰式に来町し、懇親の席などでお会いすると物静かで近寄りがたいとの印象だった。

講演の席上で「話すことが苦手だ」と語っていたが、「好奇心と恋心」を持つことが若さを保つ秘訣だといった言葉は、医師でもある作家の貴重な教訓として忘れられない。

「さ」　去る者は日に以って疎く　来たる者は日に以って親し

中国の約3200年昔から詠まれてきた漢詩には、味わい深いものが多い。中でも私を引きつけるのが、後漢の古詩十九首である。古詩十九首は、だれが作ったか、いつ作ったかがはっきりしない作者不明の詩である。その中の一つのこの言葉を取りあげたい。

去る者とは死んでいった者を言うのだが、日が経つと亡き人のことはだんだん忘れ去られていく。近年、そのことをつくづく実感する。

定年退職以降、仕事で知り会った人たちとも疎遠になってくるので、私は自分と離れていく者全てを、去る者に含めてよいのではないかと思っている。離れる一方で年齢を重ねてから知り合った人は、不思議と親密になってくる。

「し」　死ぬときが来れば死ねばよい

良寛が71歳の文政11年（1828）、三条地震が発生した。知人宛に送った言葉「災難に逢時節には逢うのがよく候　死ぬ時節には死ぬがよく候　実は是れ災難をのがれる妙法にて候」の中から取りあげた。

人は生きていくときにけがや病気をはじめ多くの災難に出くわすが、それらを乗り越えることで強くなれる。避けられない死は自然にそれを受け入れることしかない。もちろん日ごろから死の準備をしておくことが大切である。

「す」　捨てる神あれば　拾う神あり

人生には運不運はついて回るようだ。社会人になって仕事に就けば、その職場では上司と部下の関係ができ、人事異動などで境遇の変化が生じて自分の意に反することもあるものだ。

在職38年で13の職場に異動した私の地方公務員生活は、思い通りにいかなかったことが多々あった。しかし、新しい職場で得た数々の体験、人との出会いは実に貴重なものだった。この言葉を思い出すことで、人間万事塞翁が馬であるとも言えるようだ。

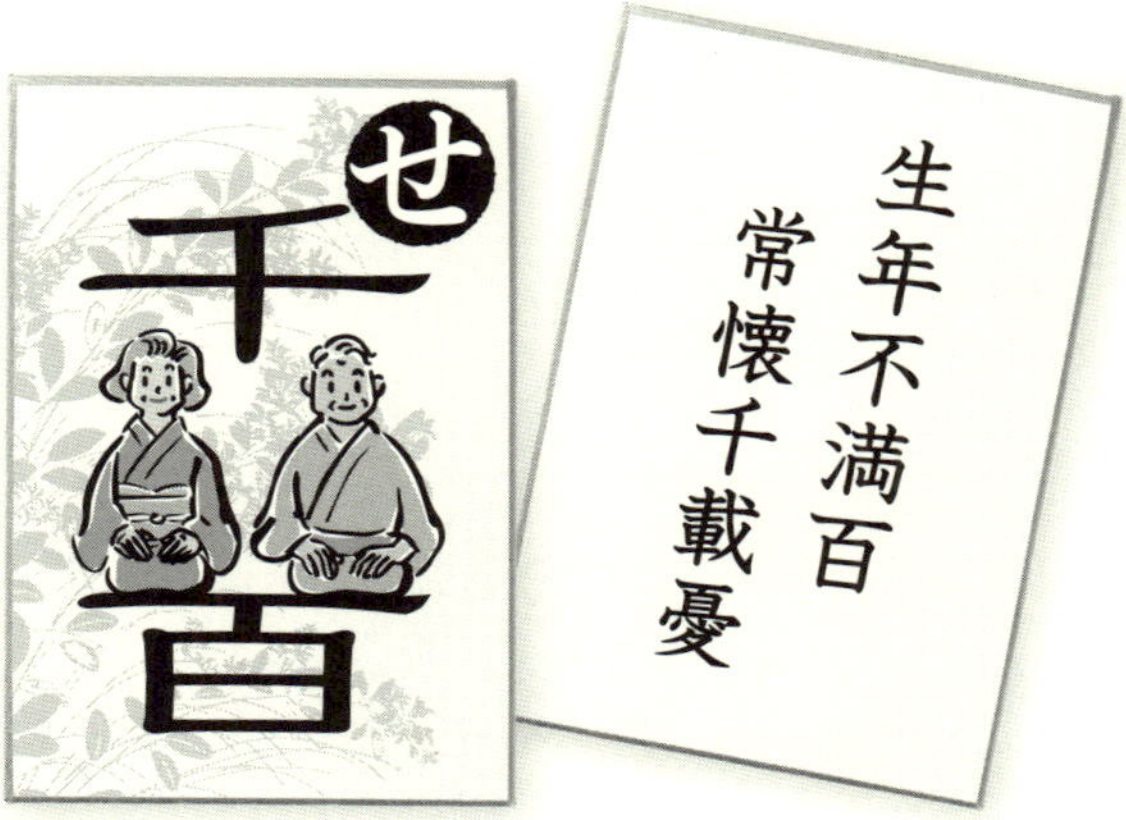

「せ」　生年不満百　常懐千載憂

漢詩の古詩十九首の一つで、「生年百に満たざるに常に千載の憂いを懐く」と詠んで、人生長くともせいぜい１００歳。ところが人間は自分の死んだあとのこと、１０００年後のことまであれやこれやと心を悩ますようだ。本当は限りある命を精一杯生き、楽しめばよいのであると詩は述べている。なお、この詩のことは、１６７ページの「人生のこの一冊」で触れているので参考にしてもらえればと思う。

　現在、医学の進歩などで１００歳を超える人もいるが、新聞のお悔やみ欄を見てもせいぜい１００歳の８掛、９掛といったところが現状である。２０００年以上前から中国で詠まれて今に伝わるこの詩は、平均寿命がのびても的を射たものだと思う。

「そ」　袖ふれ合うも他生の縁

旅に出るとちょっとした偶然から不思議な出会いが生まれることがある。私の場合、その一つが大谷隆治さんとの出会いである。

ゴルフコンペで航空券が当たり、親友と東京へプロ野球観戦に出かけた。西武球場の内野指定席に陣取った横に大谷夫妻がいた。試合の一球一打に声援を送っているうちに、意気投合した。

翌年、夫妻が金沢を訪れ市内観光に案内し、その年の秋に西武球場の日本シリーズに私と親友を招待してくれた。その後も親交を深めて年賀状を欠かさず出しているが、何か不思議な出会いの縁を感じる。

「た」　楽しみを為すに当に時に及ぶべし

「生年不満百」の古詩十九首の中に出ている言葉で「為楽当及時」と書いて、「楽しみを為すに当に時に及ぶべし」と詠む。

人生は長くともせいぜい１００年。短い人生で楽しむべきときに楽しまないとその機会を失い、再びやってこない。
限られた人生の時間を思うと、何を為し何を楽しむかを考えて生きたいものである。

「ち」　散る桜　残る桜も　散る桜

この句は良寛さんの辞世の句として知られている。「裏を見せ　表を見せて　散る紅葉」と対比してみると、紅葉が秋で桜が春の季節の違いがあるが、ともに人の逝くさまを桜と紅葉にたとえ簡潔に詠んで心をひきつける。

日本人は良寛さんの清廉で無垢な生き方にあこがれ、好む人が多い。良寛が生まれ暮らした越後柏崎は日本海に面した北国。北国の地は冬の海から吹きつける風雪の寒さに身を切られるところで、ハンディのある反面、良寛をはじめ親鸞、道元に明治以降の西田幾多郎、鈴木大拙、暁烏敏など精神面ですぐれた宗教人を輩出した地である。

「つ」　月にむら雲　花に嵐

名月を観賞しようとすると雲がかかってきたり、桜花を愛でようと出かけるとどこからか風が吹いて散りかかったりして、人々の風雅の心を失いさせる。とかくこの世は、うまくいかないこともあるようだ。

人生が順調に運ぶときも、ちょっとしたことで邪魔が入ることを肝に銘じておきたい。

「て」　天の時　地の利　人の和

人は生きてきて、天の時、地の利、人の和に恵まれるかどうかで、幸せな人生かどうか分かる。

具体的に言えば、天の時とは生きた時代やその時のことだが、天候なども入れてよい。地の利とは住んでいる地域、場所で、自然や住環境も含めてよい。人の和とは出会いふれ会う人、仲間たちである。

かつて中国内モンゴル自治区を旅したとき、歓迎の宴席で民族衣裳を着飾った現地人からスピーチを受けた。「天に感謝、地に感謝、人に感謝」と言って、天地人の恵みに感謝して一人ひとりにモンゴル酒を振る舞ってくれたことを思い出す。確かに人は多くのことに恵まれ、この世を生きているのである。

「と」 朋有り遠方より来たる　亦楽しからずや

同じ志を持った友人が遠方から訪ねて来てくれる。何と楽しいことではないかと論語にある言葉。

多年、囲碁国際交流で金沢市の姉妹都市である中国蘇州市と韓国全州市を訪れ、囲碁対局を重ねてきた。その縁で日中韓の３国で持ち回りの囲碁対局の開催が実現し、金沢で二度目の大会を平成28年（２０１６）秋に実施した。

そこに参加してくれたのが、碁友である蘇州市の章徳輝さんと朱聖才さん。25年前から囲碁交流で中国を訪れ、各地を熱心に案内してくれた朋友である。再会すれば大歓迎して、旧交を温める。まさに互いに朋有り遠方より来たるの心境である。

「な」　情けは人の為ならず

平成6年（1994）、ボランティアに関心を持った私は、開校した金沢ボランティア大学校の生涯学習夜間コースに入学し、約10カ月の講義と実習等を修了し卒業した。

翌年1月、阪神・淡路大震災が発生し、2年後にロシア船籍ナホトカ号の日本海重油流失事故が起きてボランティア活動への関心が高まった。

当時の大学校の鶴羽伸子校長が私に、「ボランティアは多岐にわたるので、アメーバーのようなものだ」と語ってくれた言葉は心に強く残る。

その後、白山市国際交流サロンで日本語指導教室の講師をつとめて、研修生として来日した中国人女性に日本語を教えることになった。しかし、教えることより彼女らから学ぶことが多かった。

ボランティアを通して多くのことを知ったが、その一つが「情けは人の為ならず」で、回り回って自分のためになることだ。

「に」　人間到る処青山あり

幕末の周防（山口県）の妙円寺住職である月性の詩「男児志を立てて郷関を出ず、学若し成る無くんば復還らず、骨を埋むる何ぞ墳墓の地を期せん、人間到る処青山あり」の中にある言葉。青山は墳墓のことを言うが、故郷ばかりが墳墓の地でない。人間の活動できる所はどこでも、そこが青山であるとの意である。

大望を達するために故郷を出て大いに活動すべきであり、私自身若いころ強く共感した言葉だった。とりわけ人事異動のとき、どんな職場に移っても新たな任務先で頑張ろうと決意させてくれた言葉であった。

「ぬ」　濡れぬ先の傘

昔から金沢では「弁当忘れても傘忘れるな」と言われてきた。今ではコンビニで弁当がすぐ手に入り、車の利用から傘を持参する人が少なくなった。

この言葉は雨に濡れないうちに手を回し、傘を用意しておけば、風邪を引いて寝込むことにならない。失敗しないうちに用心することの大切さを教えてくれる。

「転ばぬ先の杖」の言葉と類する俗諺である。

「ね」　願わくは　花のしたにて　春死なん　その如月の　望月の頃

平安時代の末期、鳥羽上皇に仕えた北面の武士だった西行法師は、23歳のとき世の無常を感じて出家した。

桜を愛して奥州、四国、吉野、高野にと日本各地を漂泊した歌僧の西行は、最晩年河内の弘川寺に住み詠んだのがこの歌である。

望みどおり桜である花のしたで2月26日に亡くなったことは、何とも不思議なことと驚くのである。

この歌から桜への思いを強くしていた私は、西行が旅した地に何度か足を運んだが、地元美川でも末正地区に希望者を募ったマイ桜を植えた。この桜に家族一人ひとりの名を冠したが、樹墓として花咲くころに子孫に眺めてもらえたらと願う。

「の」　喉もと過ぎれば熱さを忘れ

子どものころから忠言として聞いた言葉である。熱さを苦しみ、苦難、挫折、病気などと考えてみれば分かりやすい。これらが過ぎ去ると不思議と忘れてしまうようだ。もちろん、いつまでも後に引きずることはよくない。

私の場合、この苦しみに当たる一つが持病のぜんそくである。ぜんそくと付き合って30年余になるが、突然発作が起きると大変だ。咳き込み、気管がゼイゼイ、ヒューヒュー言って夜間に起きたら寝つけず、病院にも行けない。ぜんそくは発症した者にしか理解してもらえない。

この症状が改善され、少し良くなるとつい苦しかったことを忘れてしまうが、常日頃からつらかったことを忘れないで予防に努めたい。

「は」　裸で生まれ　裸で死ぬ

人は生まれたときは、裸でこの世にやって来て、最後もまた何も持たずに裸でこの世を去っていく。中国では、この裸で生まれ裸で死ぬことを「生不帯来　死不帯去」と言って、中国人のだれもが知っている言葉である。

かつて台湾に旅したとき、墓前にあの世で通用する紙幣が供えてあった。亡き人が裸で逝ったことで「あの世で何不自由しないように」と遺族の思いからだと思うが、人は生きているう

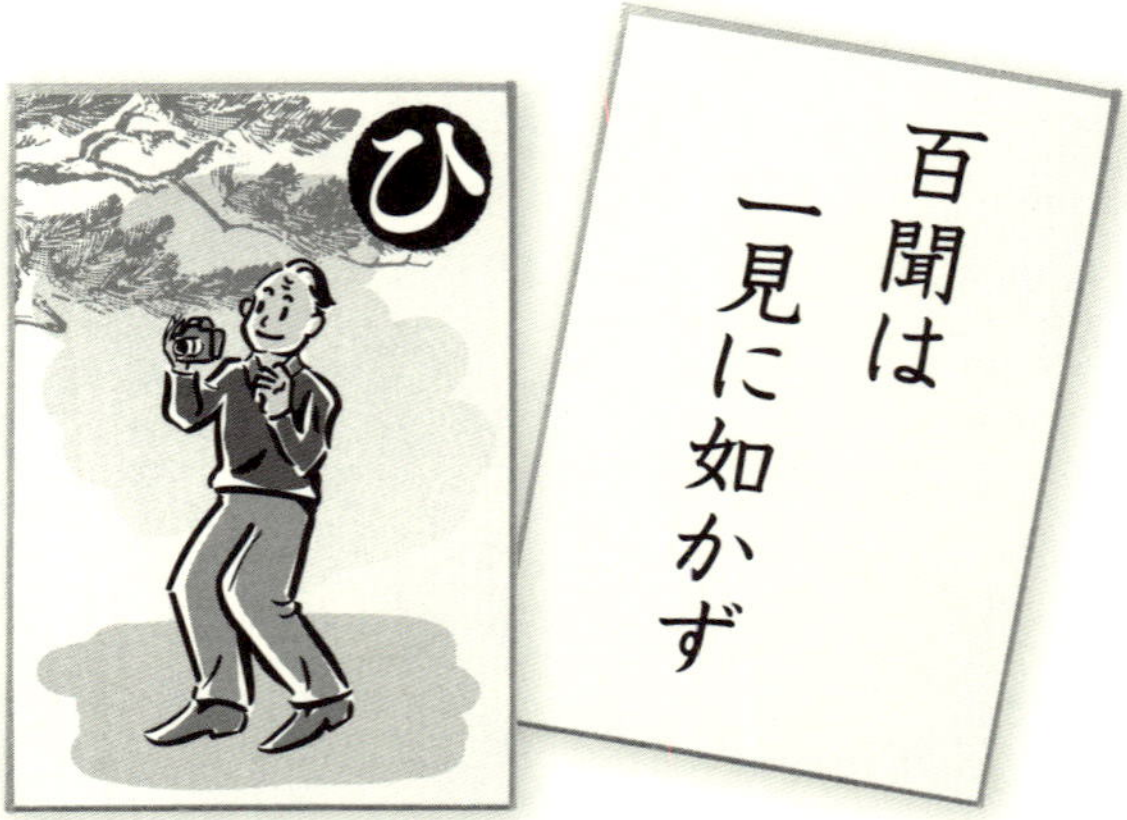

ちにすべきことをしっかり為し、裸で死んでいくことが一番いいのである。

「ひ」　百聞は一見に如かず

10代のころからよく耳にして、私の大切にしている言葉の一つである。この言葉は中国後漢の漢書に載っている。

ある事柄について詳しく知るには、他人から何度も伝え聞くより一度でも自分の目で確かめることである。高校の英語の授業で、このことを「シー　イズ　ビリービング（見ることは信ずること）」と教えられた。

このため私は、機会あるごとに旅に出かけて確かめることにしている。旅することはいろんな世界が発見でき、人生を深め豊かにしてくれる。

「ふ」　冬来たりなば　春遠からじ

冬になると北陸に住む人にとっては、暖かい太平洋側に住む人をうらやましく思う。子どものころは雪は大歓迎で、家の近くでそりや竹スキーでよく遊んだ。近頃は寒さに弱くなったせいか外出を控えるようになった。それでひたすら暖かい春の訪れを待つのである。

かつてスキー場を管理する仕事に関わった経験から、冬季の降雪回数は4回ほどと見込んでいる。1回雪が降ればあと残り何回と推測し、だんだん回数が減るのを楽しみにしたものである。

この言葉を聞くとなぜか期待を抱かせて、「朝の来ない夜はない」の言葉を思い起こさせてくれる。

「へ」　下手な考え　休むに似たり

この言葉は囲碁の格言である。苦しい局面で着手が決まらないと、相手から急がされて発する言葉だが、広く一般にも決断を迫られたときにも聞く言葉である。

中国で生まれ日本に伝わった囲碁は、一対一で対戦するが、交互に白黒の石を盤上に打って勝負を競う。しかし、一局の碁は人生と似ていて波乱万丈の世界が現れる。それで難解な局面を迎えると、つい着手が鈍り長考することになるのである。

碁には多言無用の格言もあるが、相手からこの言葉を言われないようにして碁を楽しみたい。

「ほ」　ほっとするひと時がほしい

人は生きているとストレスをため心身とも疲れてしまうことがある。その対応には息抜きをして一休みすることが一番だ。

私の気分転換の一つは、近郊の野山に出かけ、山間の温泉に浸かり、リフレッシュすることである。温泉の効能でぽかぽかした体のまま畳の部屋でくつろぐと、何もかも忘れて元気を回復する。また、部屋から外の樹木や季節の花々に目を移すことができれば、効果が増すことになる。

「ま」　待てば海路の日和あり

父が私にくれた人生の教訓である。大正4年（1915）生まれの船乗りだった父は、そのほとんどがイランと日本を往復するタンカー船上だったが、ベトナム戦争の基地や北洋漁業の漁場などへの給油船にも乗船した。

板子一枚下は地獄の大海原に生きた人だったので大変な苦労をしたが、人情味もあって人の世話をすることをいとわなかった。

一人っ子の私には、進学、就職、結婚など人生の節目でいつも気にかけてくれた。無口な人だったが、私の将来を案じて言った「荒波に船出すると逆波にあって船が転覆する。待てば海路の日和あり」の言葉は、人生のアドバイスとなり、今も心に焼きついている。

「み」　水清ければ魚住まず

あまり水がきれいで透きとおると、隠れるところがないので魚も住むことができない。人もあまり心が美しく行いが正しいと、寄り付きにくいので一人ぼっちにされてしまう。ただし、鮎は汚れを知らぬ水清い渓流に住む例外でもある。

世間を渡るときはいろいろな人がいるので、この言葉からも清濁あわせ飲む生き方もあることを忘れてはならない。

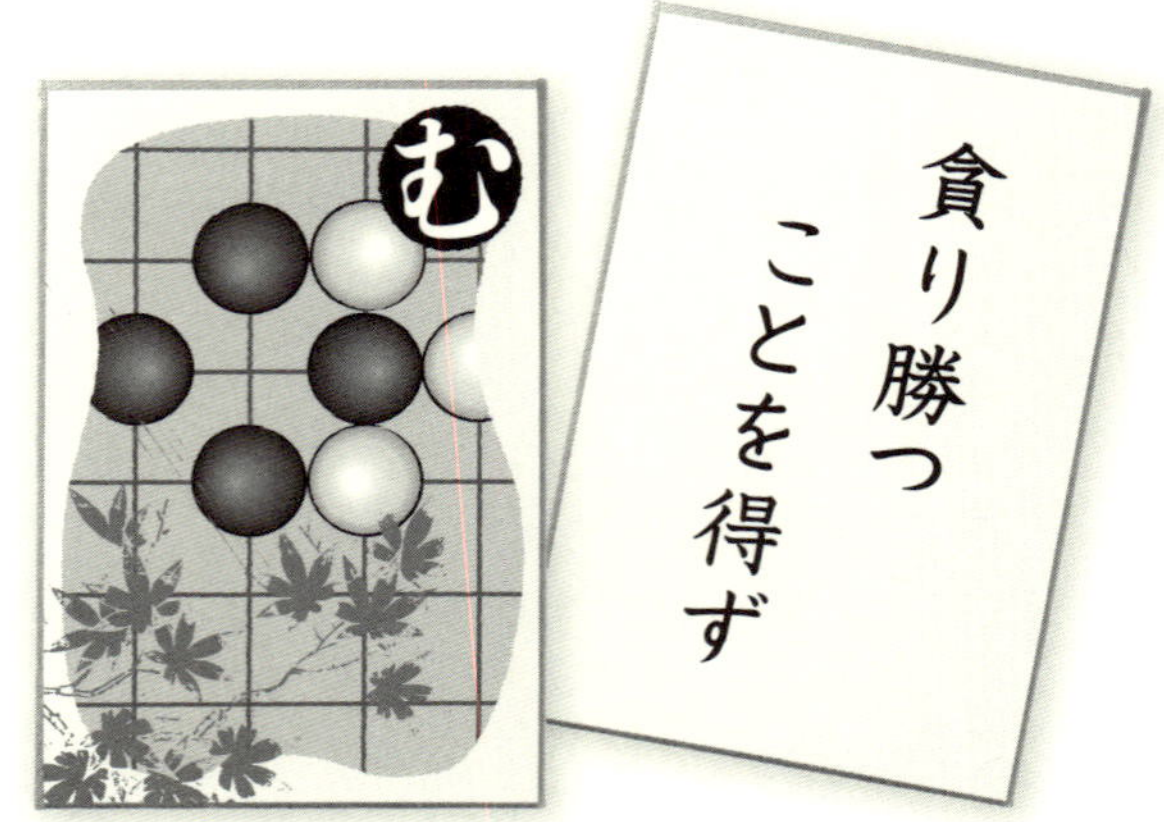

「む」　貪り勝つことを得ず

囲碁の格言の一つである。囲碁の勝敗は、終局となって対戦相手と自分の地面（何目と言う）の差で決するが、対局の途中で相手の石と自分の石が激しくぶつかりあって取り合い、地面を確保するために複雑な局面が展開する。

相手より少しでも多くの石と地面を取って勝ちたいとの実戦心理が働くと、敗戦に結びつくことも少なくない。碁敵であればなおさらである。

最後に1目だけ勝てばよいのに、貪るように勝とうと欲張ることが多い。「敵にも与えよ」との格言もあるが、人生にも言い当てられる言葉でもある。

「め」　目は口ほどに物をいう

人間の表情が最もよく表れるのは顔で、顔の中でも目が一番である。口は人間の意思を表現するものだが、言葉によって心を偽ったり隠したりすることができる。

目を見ることによってその人の心のほどが分かるので、心が正しい人の目は瞳も美しい。人と話をしても目をそむける人がいるが、いただけない。その人の人間性を疑うことになる。かるたの「え」の言葉で、孫の母親が伝えている「相手の目を見て話しなさい」は非常に大切なことだと知る。

「も」　もう70歳　まだ70歳

もう70歳を過ぎた、まだ70歳だと思うかは人それぞれであるが、「もう」と「まだ」では大きな違いがある。

「もう」と思う人はだらだらと過ごし、やる気を失っているように見える。一方、「まだ」と思う人はこれまで充実して生きてきて、70歳以降の人生も目的を持ってやる気のある人だ。年齢を意識せず前向きに生きていれば元気もついてくる。

最近、私の地域に社会福祉ネットワークで、「ワン ツー スリーの会」が誕生した。会員は70歳以上を対象にした男女である。これまで約50世帯ある地域の1区、2区、3区が一体になって連帯して、将来の地域コミュニティーづくりをするのである。

このため会の標語を作ってみたのが、「まだ70歳人生今が旬だぞ（出かけて）行け1（ワン）2（ツー）3（スリー）」である。

山高きが故に貴からず

「や」　山高きが故に貴からず

めざす高い峰だけが素晴らしい山ではなく、低くても魅力いっぱいの山があるとの意味である。山は高さを比べるのでなく、良さはいろいろある。

人に例えてみると、ややもすると地位が高いというだけで立派だと評価するが、そうとは言えないようだ。

人を評価するときは、その人の人間性などをしっかり見分けないと誤ることになるとの戒めの言葉でもある。

「ゆ」　豊かさは地域が与える福祉から

今から30年ほど前、金沢市が市福祉まつりをPRする標語の応募を市民に呼びかけ、職員にも無記名で募集していた。

私が応募したのがこの言葉だった。当初は「与える」でなく、「支える」として提出した。支えるをしっかりとした字で書かなかったので、受付担当者は与えるとして標語審査会に提出してしまった。提出後の訂正はできなかったが、結果は優秀作に選ばれた。

念のために与えるの意味を調べてみると、平凡に支えるよりも適切だったことが分かった。市福祉まつりの開会式の日、金沢市観光会館（現金沢歌劇座）で表彰を受けたが、経過を知る私は何かひっかかるようで不本意な気持ちだった。怪我の功名と理解することにしたのだった。

「よ」　読み　書き　そろばん

幼少のころ、親からよく聞かされたこの言葉は、将来の勉強するための基礎として必要なことだと思っている。

書くことは近所にあった子ども書道教室（習字）に通い、そろばんは小学5年で珠算塾に行き、本は人気の漫画本から読み始めた。時代は昭和20年代の食糧難から、日本が復興期を迎えるころだった。読み書きそろばんは、将来の勉強のためより友達と遊び気分で通っていたようだった。

「鉄は熱いうちに打て」との教訓があるが、昔も今も習い事は幼少時からやっておくに限る。将来何らかの役に立つことは間違いない。

今はピアノ、水泳、ゴルフ、ダンス、スケート、囲碁、将棋、音楽、芸術文化、スポーツなど習う分野は広い。

また、高齢社会にとっても脳活のために、これら三つのどれかに親しむこともおすすめである。

「ら」　楽あれば苦あり　苦あれば楽あり

イソップの童話にアリとキリギリスの話があるが、アリは夏の暑いときにせっせと働いて食物を運んで貯え、キリギリスの方は楽しみの日々を送っていた。冬を迎えたキリギリスは、生活苦で路頭に迷うことになる。この話は人にあっても通ずるようだ。

若いときから将来に対する必要な備えをしておかなければならない。だれもが老後の心配をし、そのための備えをしなければならないと、この言葉は教えてくれる。楽は苦の種、苦は楽の種とも言うようだ。

「り」　良薬は口に苦けれども病に効あり、忠言は耳に逆らえども行いに利あり

良い薬は苦くて口あたりが悪いが、病気にはとてもよく効くように、心からの忠告や戒めの言葉は、耳障りで気持ちのいいものではない。

忠言は自分の間違った行いを反省し、正すのには本当にためになると昔から聞く言葉。前段の良薬の句の部分と後段の忠言の句の部分は、対聯になって説得力ある言葉になっている。

いつの時代でも、上に立つ人は忠言とも言える諫言を心にとめ、追従する部下の声を聞き入れ判断を誤らないようにしたいもの。この言葉はそのことを教えてくれる。

「る」　類は友を呼ぶ

気の合う者同士が集まるということで、西洋では「君の付き合う者を言え、そしたら君の人

柄を言おう」という言葉があるが、似た者は自然に寄り集まる。

私の場合、趣味の囲碁、ゴルフなどを通じて随分と仲間が増えた。人間は人の間で生きている。孤島での生活は考えられないので、友、仲間がたくさんできたことは幸せなことだと言ってよい。

「れ」 練習で泣いて試合で笑え

小学生のころから白球を追って野球に熱中し、中学に入学して野球部に籍を置いた。監督は、教師になって2年目の若い平野和夫先生だった。

2年生のときに野手でレギュラーとなり、その後投手になったが、放課後の練習はきつかった。炎天下の猛ノックに耐え、息絶え絶えで頑張った。当時は練習中の水分補給は厳禁だったので、練習が終わると皆一目散で水飲み場に急いだ。

守備力の向上にはノックを受けることだったが、特に足が止まり倒れる寸前にグローブを差し出して補球することが、一番の上達法だと今も信じている。

忘れられないことは、先生が皆を集め訓辞した「練習で泣いて試合で笑え」の言葉で、その後の私の野球人生60年を支える金言となった。

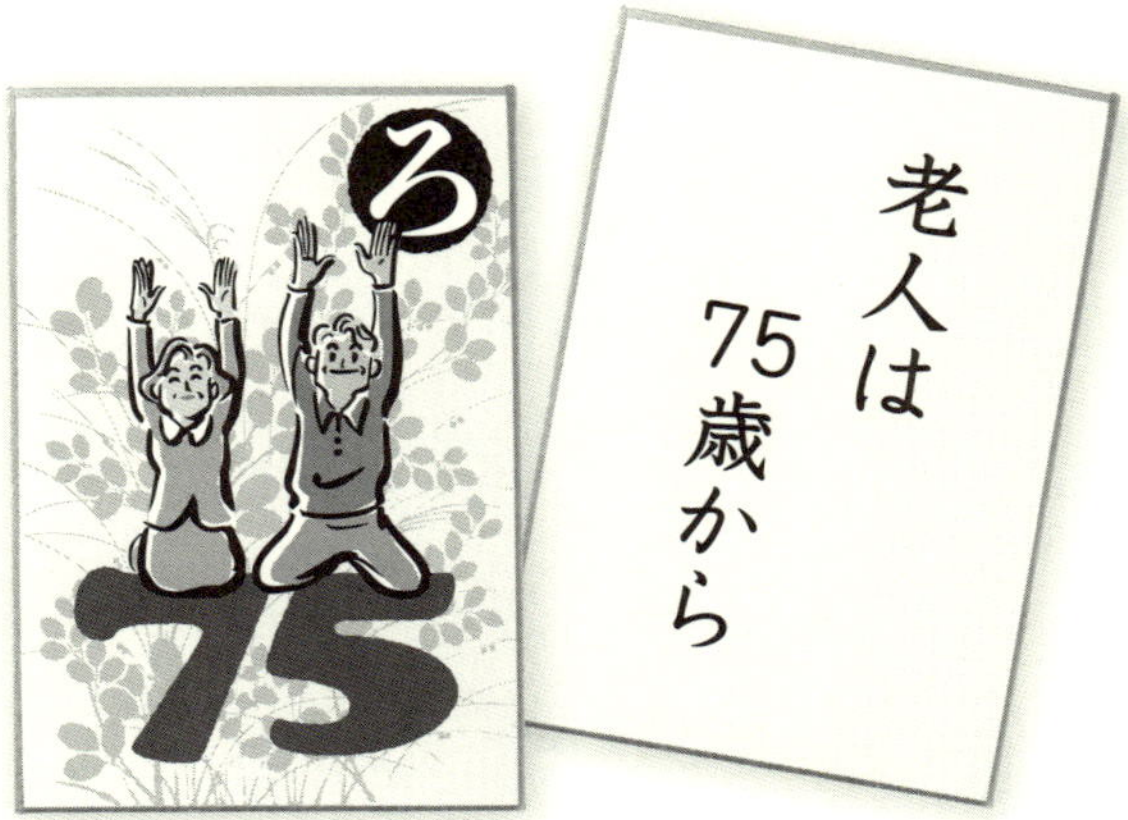

「ろ」 老人は75歳から

老人福祉法では65歳から老人と定義して、昭和41年（1966）から老人の日が「敬老の日」と改まった。

我が国の平均寿命は年々伸びて、人生90年時代も近いとの思いがする。寝たきりや認知症でない元気なお年寄りが、増えることは喜ばしい。そのことで聖路加国際病院の現役医師で、105歳で亡くなった日野原重明先生が、後期高齢者を「新老人」と呼んでいたことに共鳴する。

イギリスの詩人サミエル・ウルマンの「青春」の詩に、「青春とは人生のある期間でなく、心の持ち方を言う」とあるが、ときには20歳の青年よりも60歳の人に青春がある。年を重ねただけで人は老いないので、理想を失ったときに初めて老いるのである。この言葉を大事にしたい。

「わ」　わくわく読書に　いきいき人生

私の人生での後悔の一つに、若いころからもっと読書に親しんで多くの本を読んでおけばよかったと思うことがある。遅ればせながら読書に熱中し出したのは、50代半ばのころであった。そのため一日一冊の本を読破することにチャレンジし、帰宅途中の金沢市内の図書館を利用した。そこの一つ、泉野図書館で読書月間の図書標語を募集していたので、応募して採用されたのがこの作品だった。

本を読んでいるとわくわくし、感動する言葉や表現などが載るページに出会えることがある。本の中の感動の言葉は人生をいきいきと、豊かにしてくれる。そういうことを標語に込めたものだった。

あとがき

3部作目となる『気がつけば古希を過ぎ―人生の四季を生きる』を、2年ほどかけてようやく出版することができた。前作の『人生暦・一言一縁―我、生かされてここに在り』は、人生のキーワードである「旅、友、師、夢、絆、学、生、病、死、運」の漢字10字を自分の人生に当てはめてどうであったかを書いた。今回は生い立ちからの75年のことを綴った。前作が我が人生を「点」でとらえるなら、今回は「線」となっている。2冊の本は互いに表裏の関係にあって、両方で一対の本として読んでもらえればと思っている。

我が人生の春夏秋冬（四季）をたどれば、そのときどきの時代や家族のこと、近所や地域の様子、学んだ学校、勤めた仕事、出会った人々や旅の思い出などが多くあって忘れがたいものである。本では生きた時代順に書き綴ってあるが、今の自分があることは何なのかと考えてみたら、誕生までさかのぼってみることだと思った。

その何かの一つが、良縁が成立し妻と結婚したことだった。ときは人生の夏の初めで、高度経済成長期。人生の盛夏の時期に二人の子どもの誕生と成長があって家庭的に順調だった。いつしか夏が往き秋の訪れを感じるころ、妻に突然乳がんが発症。思えば私の人生最大の危機だった。今後の人生をどう生きるか、仕事と家庭をどう両立させるかを、真剣に我が身へ問うことになった。ちょうどそのとき、金沢ボランティア大学校の開校を知り、早速生涯学習（夜間）コースに申し込み、1年間入学し卒業した体験が大きかったと思う。そこで学んだボランティアのことが縁で、偶然にもバングラデシュの留学生サイヤドとの出会いと結びつく。このことに妻の側面的協力もあって、彼の祖国首都ダッカでの学校づくりが順調に運んだのである。

今年で妻との結婚50年の金婚式を迎えるが、互いに老苦病苦を乗り超え、苦楽をともにし、長女、長男と3人の孫にも恵まれて今があることは、妻の大きな支え無くして考えられない。感謝の言葉のほか何物もない。思えば、就職した職場の上司から結婚式でアドバイスをもらった「本当の夫婦とは年をとってから」との一言は、味わい深い本当のことだと実感する。

実りのときである秋の章の本文で、人生の多くの収穫を書き綴ることができたことは率直に言って幸せだった。因縁果は仏教が教えてくれることだが、柿の実（果）がなるのは、種（因）があって、土や水に日と人の手などが加わる縁があって成立するといわれている。人に置き換えればこの世に生まれ、多くの出会い、つながり、支えあいなどの縁があっていい人生が送れるのである。人生はまさにそのことであると思うので、ご縁を大切にしたいものである。

本には当初多くのあんなこと、こんなことなどのエピソード（秘話）なども盛り込んで書き綴ってみたいとの思いをいだいていたが、ページ数などの関係もあり別の機会に語ることにしたいと思っている。最後まで愛読いただきました皆様に心から感謝である。

自分史出版に当たり、多くの有縁の関係者に恵まれたことが忘れられません。とりわけ家族ぐるみで付き合いの盛田孝太郎さん、田中正信さん、小林邦夫さんの三方に、小学校の同級生北要夫君には叱咤激励と多大なご支援・ご協力を賜ったことを紙面を拝借して厚くお礼を申し上げたい。

また、何とか出版にこぎつけられたことは、能登印刷出版部の吉田智史氏がいたからである。氏とは在職中の金沢市史編さん以来の公私にわたる厚遇を得て、全3部作の発刊に携わっていただき、励ましとお知恵を賜りましたことは感謝にたえません。

なお、あとがきを5月5日に書いたことは、昭和57年（1982）の初老の年に亡くなった小学校の竹馬の友・熊田健成を偲び、その命日に筆をとったことによるものである。

平成30年5月5日

田口 功一

［著者略歴］

田口功一（たぐち・こういち）

1942年7月石川県能美郡湊村に生まれる。金沢大学法文学部卒業後、1965年金沢市役所に勤務。2003年3月金沢市史編さん事務局を最後に、38年間の市役所勤務を終える。この間、島清恋愛文学賞推薦委員なども歴任。現在は、白山市日中友好協会副理事長、金沢国際囲碁交流協会副理事長としてボランティアや国際交流に精力的に取り組む。

気《き》がつけば古《こ》希《き》を過《す》ぎ

人生《じんせい》の四《し》季《き》を生《い》きる

２０１８年６月20日　第１刷発行

著　者　田口功一
〒９２９-０２１７
石川県白山市湊町ヨ１２３
電話０７６-２７８-２８３３

発売所　能登印刷出版部
〒９２０-０８５５
石川県金沢市武蔵町７番10号
電話０７６-２２２-４５９５
ＦＡＸ０７６-２３３-２５５９

印刷・製本　能登印刷株式会社

ISBN978-4-89010-730-8 C0095